# NOUVELLES RECHERCHES

## SUR L'USAGE ET LES EFFETS

DES

# BAINS DE MER,

COMPRENANT

**L'HISTOIRE ABRÉGÉE DES FAITS PRINCIPAUX QUI ONT ÉTÉ OBSERVÉS A DIEPPE PENDANT LES ANNÉES 1834 ET 1835.**

## PAR LE Dr GAUDET,

MÉDECIN INSPECTEUR DES BAINS DE MER DE DIEPPE.

> Marina aqua, et magnâ et variâ quâdam
> vi pollet : sed imperiti facilè ipsâ per-
> peràm uti possunt.
>      R. Russel.

2me ÉDITION.

## PARIS,

IMPRIMERIE D'AD. MOESSARD ET JOUSSET,

RUE DE FURSTEMBERG, N° 8 BIS.

1836.

# AVANT-PROPOS.

L'Angleterre, l'Allemagne et la Hollande possèdent depuis long-temps des ouvrages sur les bains de mer. La France, au contraire, est pauvre en écrits sur cette matière.

Dans la liste des observateurs que j'ai pu rencontrer, R. Russel vient en première ligne. Il appartenait en effet à un médecin anglais de faire connaître le premier en Europe, l'eau de mer, comme moyen thérapeutique (1). Son livre renferme les observations qui l'ont porté à établir l'efficacité de l'eau marine prise à l'intérieur. On y voit que les bains de mer n'étaient qu'accessoires dans son traitement, lequel admettait l'usage simultané du varech et de plusieurs autres mé-

_____

(1) De tabe glandulari sive de usu aquæ marinæ in morbis glandularum.

dicamens anti-scrophuleux. Au milieu d'une nosologie surannée, on découvre qu'il employait l'eau salée en boisson, dans la phthisie, considérée alors comme une maladie des glandes pulmonaires, dans les engorgemens des ganglions lymphatiques, dans les caries scrophuleuses, dans l'ozène de même nature, dans les différentes espèces de maladies cutanées et dans quelques autres cas sans relations avec les scrophules, tels que l'esquinancie, l'érysipèle, le ténesme, etc. Dans toutes ces circonstances, ce n'était pas toujours qu'il faisait intervenir le bain de mer, tandis que l'ingestion de l'eau marine était la partie principale. Il trouvait dans celle-ci un effet laxatif et un effet anti-scrophuleux, lequel était puissamment secondé par l'usage externe et interne du *quercus marina*. Ainsi déjà les observations de Russel vérifiaient à son insçu l'action de l'iode qui est, comme on sait, l'élément actif du varech, qu'il administrait dans les scrophules. Dans les maladies étrangères aux scrophules, l'*infarctus* intestinal, l'ictère, etc., l'eau de mer agissait spécialement par ses qualités laxatives. Dans les affections herpétiques, un traitement interne préparait l'usage de l'eau salée et des bains de mer.

Le second observateur à qui nous devions des recherches sur les bains de mer, est un médecin écos-

sais, c'est Buchan. Valétudinaire lui-même, il a fréquenté, pendant seize années, ceux de ses compatriotes
qui venaient chaque automne se baigner sur les côtes,
principalement à l'île de Thanet. Il a le grand mérite,
aux yeux de la science, d'être l'auteur original sur la
question spéciale des bains de mer; on s'aperçoit en le
lisant qu'il a peu vu de faits particuliers, ou du moins
qu'il s'y est peu adonné; mais ceux qu'il a vus, il les
a généralisés avec une grande justesse. Il n'a pas étudié
les bains de mer comme un médecin qui les conseille,
qui en observe et surveille chaque jour les différens
effets; il a surtout donné un soin extrême à l'histoire
*physique* de l'eau de mer et à quelques-uns des détails
relatifs à son mode d'action sur l'organisme. On lui
doit deux éditions de son ouvrage (1), qui toutes deux
ont été traduites en français.

Le D<sup>r</sup> Lefrançois, médecin de Dieppe, fit une
thèse en 1812, laquelle renferme d'excellens préceptes et a servi de matériaux aux compilateurs qui sont
venus depuis cette époque (2).

L'ouvrage du D<sup>r</sup> Assegond (3), est une compi-

_____

(1) Pratical Observations concerning sea Bathing, etc., 1804-1812.
(2) Coup-d'œil médical sur l'emploi externe et interne de l'eau de mer,
in-4°, 1812.
(3) Manuel hygiénique et thérapeutique des bains de mer, in-12, 324 pag.

lation bien faite de tout ce qui est connu sur l'usage et les effets des bains froids simples et des bains de mer en particulier. Cet auteur ne paraît pas avoir observé par lui-même. En mettant à contribution Russel, Buchan, Lefrançois, Mourgué, il a fait preuve d'une érudition choisie et d'un arrangement logique, qu'on voudrait trouver dans tous les livres pareils au sien. Par ces qualités, il se fait lire avec plaisir et profit.

Le D$^r$ Blot paraît n'avoir observé qu'un petit nombre de faits. Son court manuel (1) est également une compilation, où il règne dans les idées un vague qu'augmente encore une laborieuse rédaction.

Le D$^r$ Mourgué, le premier des médecins inspecteurs de Dieppe, a publié un seul numéro d'un journal, qui sert de chapitre préliminaire aux numéros qu'il se proposait de publier plus tard (2). Il donna, en 1828, un second travail où se trouve exposée l'utilité des bains de mer dans certaines lésions dépendantes des scrophules et du rachitisme (3).

---

(1) Manuel des Bains de mer; leurs avantages et leurs inconvéniens. 1828, in-12.

(2) Journal des Bains de mer de Dieppe, ou Recherches et Observations sur l'usage hygiénique et thérapeutique des bains de mer, 1823.

(3) Considérations générales sur l'utilité des bains de mer, dans le traitement des difformités du tronc et des membres.

Depuis que j'occupe la place de médecin inspecteur des bains de mer de Dieppe, j'y ai passé deux années, tenant compte de tous les faits que j'ai pu m'approprier hors de ma sphère d'action officielle, sur les différens modes et les différentes circonstances de l'administration des bains de mer et sur leurs effets hygiéniques et thérapeutiques.

J'ai publié déjà un compte-rendu de mes observations pendant la première saison; aujourd'hui j'ai refondu ces observations dans celles que j'ai faites l'été dernier : tels sont les matériaux du travail suivant. Je m'estimerais heureux, si ce travail servait à combler quelque peu la lacune qui existe en France dans l'histoire médicale des bains de mer.

Comme la première fois, je destine ces nouvelles recherches à mettre sous les yeux des praticiens un *spécimen* plus complet des modes variés d'emploi et d'action, dont l'eau de mer est susceptible dans une foule de cas. Ce simple travail pourra donner une idée des ressources, que cet agent bien employé et bien observé fournira plus tard à l'hygiène et à la thérapeutique. Déjà quelques-uns de nos confrères commencent à les apprécier; j'ose leur dire ici que d'année en année, des faits nombreux et nouveaux devront confirmer leur opinion. Le cadre que j'ai conservé dans ces pages, permet de donner place à tous ces faits, et je mettrai, avant et pendant chaque saison, mes soins à y faire entrer tous les matériaux qui me sembleront propres à éclairer la question des bains de mer.

# NOUVELLES RECHERCHES

## SUR L'USAGE ET LES EFFETS

### DES

# BAINS DE MER.

———⋅◦⋆◦⋅———

## PREMIÈRE PARTIE.

### § I<sup>er</sup>.

Caractères physiques et chimiques de l'eau de mer.

Avant d'entrer en matière, je rappellerai d'abord les caractères physiques et chimiques de l'eau de la mer, caractères d'où découlent tous les effets qu'on a coutume d'observer chez les individus qui se mettent en contact avec elle.

1° L'eau de la mer est un liquide beaucoup plus dense que l'eau commune, comme le prouve sa pesanteur spécifique qui est à celle de l'eau distillée $\because 1,0289 : 1,000$. Elle a une saveur amère prononcée (bitterness), surtout si elle a été puisée à la surface et près du rivage.

2° Elle est tantôt calme à sa surface, tantôt agitée à des degrés variés qui s'expriment ainsi : *houles, lames, vagues.*

Chacun de ces degrés offre lui-même des différences d'intensité : les mouvemens de la mer sont *faibles, assez forts, très forts.*

La condition de la mer, soit à l'état de flux, soit à l'état de reflux, constitue probablement aussi un élément d'action qu'il ne m'est pas permis d'apprécier encore, faute d'un nombre de faits suffisans. Je dirai seulement que la marée montante, quand elle est accompagnée d'une mer très forte, de vagues très hautes, donne des percussions souvent nuisibles aux personnes faibles ou infirmes. D'un autre côté, la marée basse est une condition mauvaise pour quelques autres, qui sont impressionnables au froid, à cause du trajet qu'elles sont obligées de parcourir sur la plage pour aller au bain et en revenir.

3° Parmi toutes les recherches qui ont été faites jusqu'ici sur la température de la mer, et sur celle de l'air atmosphérique qui règne sur ses bords, il n'en est pas de complètes. La température de la mer, tout en suivant les variations de celle de l'atmosphère, est loin d'offrir sur l'échelle du thermomètre des oscillations aussi considérables. Examinée jour par jour dans toute l'étendue du rayon de la mer pratiquée par les baigneurs, pendant les mois de juillet, d'août et de septembre des deux dernières saisons, elle a fourni les résultats suivans, comparés à ceux de la température atmosphérique du rivage, celle-ci étant prise chaque fois à 15 mètres du point le plus élevé de la marée, et à 2 mètres du sol.

## Thermomètre de Réaumur.

| | | ANNÉES | TEMPÉRATURE de la mer. | TEMPÉR. ATMOSPHÉR. |
|---|---|---|---|---|
| Juillet..... | maximum. | 1834 | + 15° 1/2 | + 16° 1/2 |
| | | 1835 | + 16° | + 17° et centièmes. |
| | minimum.. | 1834 | + 14° 1/2 | + 11° 1/2 |
| | | 1835 | + 14° | + 11° 1/2 |
| Août...... | maximum. | 1834 | + 15° 1/2 | + 17° 1/2 |
| | | 1835 | + 16° | + 16° 1/2 |
| | minimum.. | 1834 | + 15° | + 14° 1/2 |
| | | 1835 | + 15° | + 11° 1/2 |
| Septembre. | maximum. | 1834 | + 15° 1/2 | + 19° |
| | | 1835 | + 15° | + 17° et centièmes |
| | minimum.. | 1834 | + 13° | + 11° et centièmes. |
| | | 1835 | + 9° | + 9° 1/2 |

Ainsi, dans les trois mois de la saison des bains, la température de la mer n'a varié en 1834, que de + 13° à + 15° ½, tandis que celle de l'atmosphère de la plage a oscillé depuis + 11° jusqu'à + 19. En 1835, la première est descendue à + 9° et s'est élevée à 16°; la seconde s'est abaissée à 9° ½ et s'est relevée jusqu'à + 17° et des centièmes.

En jettant les yeux sur ce tableau, il est un rapport presque constant entre ces deux années : les *maxima* de la température de la mer se représentent à chacun des mois de la saison, tandis que les *minima* ne s'observent qu'au mois de septembre des deux années.

Ces observations thermométriques ont été poussées plus loin; elles ont été répétées à différentes heures de la journée. Il en est résulté que le *minimum* de la température de la mer pour chaque jour, s'est rencontré le matin avant onze heures, et son *maximum* depuis midi jusqu'à cinq heures du soir. La température atmosphérique, observée sous le même point de vue, a donné lieu à la même résultante.

4° On m'a signalé différentes fois l'état électrique de la mer comme un élément d'action qu'il fallait étudier dans ses effets sur les baigneurs. Mais d'abord, il faudrait constater l'existence de phénomènes électriques dans l'eau de la mer, pour connaître toutes leurs modifications : par exemple, s'ils varient selon les diverses conditions de la température et du mouvement de l'Océan, si leur intensité est la même en pleine mer ou près du rivage, etc. Après ces recherches qui appartiennent aux physiciens, resterait l'appréciation des influences qui s'exercent sur l'économie en contact avec l'état électrique de la mer. Supposons la première question bien connue, peut-on espérer de s'élever de là à la solution de la seconde? Non assurément. L'électricité comme corps impondérable est connue par beaucoup de ses phénomènes, mais nous sommes dans l'ignorance la plus profonde sur le rôle qu'elle joue dans les actes physiologiques de l'organisme.

5° Les analyses chimiques de l'eau océanique qui ont été faites dans ces derniers temps y ont constaté les élémens suivans :

Hydrochlorate de soude (en proportion dominante);
————— de magnésie;
Sulfate de magnésie;
——— de chaux;
——— de soude;
Carbonate de magnésie;
————— de chaux;
Proportion de gaze acide carbonique;
————— d'hydriodate;
————— de brôme.

M. Laurent a pris pour sujet de ses analyses, l'eau de la Méditerranée qui baigne les côtes de Marseille. Voici les résultats de ses recherches :

Chlorure de sodium;
————— de magnésie;
Sulfate de magnésie;
Carbonate de chaux;
————— de magnésie;
Acide carbonique;
Potasse;
Matière extractive;

Traces d'isode.

Le brôme n'a pu être constaté.

L'eau qui a servi à ces différentes analyses, a toujours été prise à la superficie de la mer et dans le voisinage de ses côtes. Quant aux dissemblances qui existent entre l'eau de l'Océan et celle de la Méditerranée, je n'en parlerai pas. Je noterai seulement que la quantité des principes salins se montre dans l'analyse de M. Laurent, bien supérieure à celle qui a été trouvée dans les eaux de l'Océan par Black, Kirwan, Thompson, Gay-Lussac et Despretz.

## § II.

### Différens modes d'administration de l'eau de mer.

Les différens modes d'administration dont l'eau de mer est susceptible sont : à l'extérieur, le bain froid pris à la mer, le bain chauffé, l'affusion froide sur une partie ou sur la totalité du corps, les douches descendantes, les pédiluves, les lotions; à l'intérieur, la boisson, les lavemens, les injections, les douches ascendantes, rectales et vaginales.

1° *Administration du bain de mer proprement dit.* — La manière de mettre le corps en contact avec l'eau de mer, d'administrer le *bain de mer* en un mot, n'est point aussi indifférente qu'on pourrait le supposer d'abord. Plusieurs manières de se baigner sont usitées; les unes ont plus d'avantages que les autres : il en est qui ont des inconvéniens réels. Il est utile de les étudier.

α. Le mode d'administrer le bain, souvent employé, et sans contredit l'un des meilleurs, qui n'est guère applicable que si la mer est calme ou ses vagues peu fortes, est celui-ci : le guide prend sur les bras celui qui doit se baigner, le porte dans la mer jusqu'à une certaine distance, et fait passer tout son corps sous l'eau en lui plongeant la tête la première; il lui fait ainsi parcourir un certain espace *entre deux eaux*. Cette manœuvre est répétée un plus ou moins grand nombre de fois selon l'indication : on l'appelle une *immersion*. Cette méthode effraie beaucoup de personnes, et fait éprouver à quelques-unes, surtout à celles qui sont sujettes à quelque essoufflement, des étouffemens, de l'oppression et un trouble général, dont elles se remettent avec peine : ce qui la met dans le cas d'être remplacée par l'une des méthodes suivantes, avec ou sans affusions.

β. Une seconde manière, qui se rattache à la précédente, qui exige aussi dans son emploi de certaines conditions de la mer, mais qui n'a pas comme elle l'avantage de causer à celui qui la subit un certain degré de crainte et de saisissement, consiste à faire plonger le baigneur en appuyant sur ses épaules, tandis qu'il reste allongé sur le dos, *faisant la planche*.

γ. Dans les troisième et quatrième modes de se baigner qui se pratiquent assez souvent, mais qu'il faut regarder comme vicieux dans plusieurs cas, le guide conduit et fait entrer lentement et progressivement le baigneur dans la mer, jusqu'à ce que l'eau soit parvenue à une certaine hauteur de son corps, ou bien, ce qui vaut mieux, il le porte jusqu'à une certaine distance et le dépose dans l'eau, en l'immergeant ainsi tout entier, moins la tête. Là, il demeure immobile tout le temps du bain, ou de temps en temps il se bouche les oreilles, se baisse et plonge sa tête jusqu'à son entière immersion, ou bien seulement il se contente d'asperger d'eau les parties qui sont restées à découvert.

♪. Si la mer est très agitée, si les vagues sont hautes et fortes, toutes ces méthodes d'immersion se résolvent en une seule. Le baigneur, maintenu par son guide, présente à la lame qui arrive sur lui la partie latérale ou postérieure du tronc, en est submergé un instant, jusqu'à ce qu'une nouvelle lame vienne de nouveau passer au-dessus de sa tête. C'est là le véritable *bain à la lame*, lequel réunit tous les avantages qu'on peut demander au bain de mer. Quand le nombre des immersions a été suffisant, le baigneur en évite de nouvelles en s'élevant par un saut rapide au-dessus de chacune des vagues qui se succèdent vers lui.

Si le bain de mer est administré avec ces dernières conditions aux enfans gibbeux par carie des vertèbres, les chocs trop rudes de la lame développent dans les parties déformées des douleurs souvent très vives. On les leur épargne en les faisant porter par le guide qui les présente à la vague par les pieds, et non par la partie postérieure du tronc. Il en est de même chez les femmes qui ont un déplacement ou un engorgement utérin, actuellement accompagné de phénomènes d'irritation locale. On doit leur recommander de soustraire l'abdomen à l'action mécanique de la vague. Certains individus névropathiques de la tête se trouvent étourdis pour plusieurs heures, s'ils n'ont pas soin de la préserver de cette action. Il est même certains cas où de tels bains ne doivent pas être administrés, chez les jeunes personnes épuisées par une menstruation trop abondante, par exemple.

ε. On peut faire encore quelquefois une application rationnelle de l'eau de mer prise comme liquide en mouvement, en exposant sur la plage de jeunes sujets affectés
de carie scrophuleuse du pied, de manière que celui-ci
reste soumis un certain temps au choc de la vague qui
vient battre la grève.

ζ. Tout ce qui vient d'être dit sur les différentes manières d'administrer les bains de mer, s'applique uni-
quement aux enfans et aux femmes qui, faibles et crain-
tifs à la fois et privés des ressources de la natation, et aux
hommes qui, débiles et souffrans ou ne sachant pas non plus
nager, ont besoin de pratiquer la mer à l'aide d'un guide.
Quant à ceux qui sont doués d'assez de force et sont capables de se livrer à la natation, ils remplissent le temps du
bain par tous les mouvemens propres à cet exercice pris à
la mer, à moins que certaines indications particulières ne
les astreignent à prendre le bain à la lame, tel qu'il a été
décrit.

J'ai l'habitude de conseiller la natation aux femmes, aux
jeunes personnes surtout; malheureusement cet exercice,
pour lequel elles se passionnent vite, devient une cause
d'accidens journaliers, parce qu'il les entraîne à séjourner
outre mesure dans la mer. Je ne défends absolument la
nage qu'aux chlorotiques; car elles en sont toujours fati-
guées et essoufflées.

2° *Bains de mer chauds.* — Ils s'administrent ordinairement à la température de + 25 à 26°, qu'on abaisse jour
par jour jusqu'à celle de + 20 ou de + 18°. Quelquefois
le baigneur entre dans l'eau à + 25° et la fait descendre,
séance tenante, jusqu'à + 18 ou 20°. Ces derniers degrés
ne sont pas praticables pour tous; au-dessous, il est rare

qu'ils puissent être supportés. — La durée de ces bains se fixe progressivement depuis dix minutes jusqu'à une demi-heure; elle ne dépasse pas dix à douze minutes pour les jeunes enfans. Les bains de mer chauds se donnent toutes les fois que certaines conditions de l'âge, de la maladie, de la susceptibilité, du moral des baigneurs et de l'état atmosphérique empêchent de pratiquer la mer.

Ainsi on administre les bains de mer chauds :

1° Aux enfans très jeunes. J'ai toujours fait ainsi avec ceux qui n'avaient pas atteint leur seconde année, et qui s'offraient à moi avec un teint blafard, des chairs flasques et des membres grêles;

2° Aux vieillards. Les gens âgés ne sont pas fortifiés par les bains à la mer; car ils ne réagissent pas suffisamment contre l'impression de froid que ces bains produisent. Les eaux salines chaudes les tonifient, au contraire, sans leur soutirer une portion de cette chaleur animale qui, une fois perdue chez eux, ne peut être réparée assez facilement.

Les bains de mer chauffés ont amélioré d'une manière marquée la santé de personnes âgées des deux sexes. Le système nerveux des unes avait été fortement ébranlé par une opération chirurgicale récente; les parois thoraciques des autres souffraient de cette sorte de douleur qu'il faudrait qualifier de *rhumatisme nerveux*. Quelques-unes présentaient ces rhumatismes viscéraux, mobiles de leur nature, qui avaient fait croire chez elles à l'existence de lésions organiques, malgré le caractère de facile déplacement qui distinguait ces douleurs. L'une de ces personnes, affaiblie par la vie sédentaire, était subitement courba-

turée par le plus léger exercice à pied ou en voiture. Les
bains firent disparaître cet accident.

Ces bains leur faisaient bien éprouver parfois un peu d'insomnie, mais cet inconvénient était compensé par l'accroissement des forces générales, par des signes visibles
de santé et par une activité de l'appétit inaccoutumée ; en
outre, ils affaiblissaient les préoccupations hypocondriaques qui tourmentaient l'existence de ces individus, et leur
donnaient en eux-mêmes une confiance qu'ils avaient
perdue.

3° A ceux que les bains froids effrayent au plus haut
degré. Sous ce rapport, les jeunes sujets, très impressionnables, à peine arrivés au premier septenaire de la vie,
se trouvent bien de commencer la saison par quelques
bains de mer chauffés, purs ou mélangés à l'eau commune.

Quant à ceux qui redoutent les bains froids, la vue
de la mer, l'habitude de respirer chaque jour l'air marin,
l'exemple des autres baigneurs et le contact de l'eau de
mer à une basse température, les font arriver souvent à
surmonter au bout de quelque temps une partie de leur
répugnance, et les amènent à désirer de tenter les bains
à la mer.

4° A ceux qui reçoivent des premiers bains de mer une
impression telle qu'on est obligé de les leur faire cesser.

5° A ceux chez lesquels on redoute les effets de cette
impression, eu égard à leur constitution et à la nature de
leur affection.

Dans ces deux derniers cas, les bains de baignoire rem-
placent absolument ceux de la mer, ou bien ils ne sont

qu'un moyen de transition. Il n'est pas rare en effet, qu'après quelques jours, si on a pu abaisser l'eau marine à 20 ou 18°+o, on trouve la mer moins froide que cette température. Un adulte, à peau perspirable, pusillanime au dernier degré, quant à l'impression du froid atmosphérique, fut agréablement surpris de supporter la sensation de son premier bain de mer avec aussi peu de peine qu'il supportait la température abaissée de la baignoire.

6° L'excitation générale produite par l'eau de mer, envisagée à la fois comme composé chimique et comme liquide froid et communiquant une impulsion mécanique aux organes, augmente parfois une irritation locale, celle de la matrice par exemple, dans de certains états d'engorgement de son col ou d'abaissement de son corps. De là l'aggravation des douleurs de l'utérus, de la région lombosacrée, des aines et des cuisses, qui sont habituelles aux malades. Dans ces cas, l'eau de mer chauffée, causant moins de stimulation générale, développe aussi moins de ces douleurs locales et sympathiques. Elle offre alors quelques-uns des avantages des bains froids, sans en avoir les inconvéniens.

Les mêmes raisons, dans quelques cas de névralgie des nerfs périphériques ou viscéraux, ont fait alterner les bains de mer à la lame avec les bains d'eau commune presque froids. Un malade fut obligé de descendre, pour éviter une excitation générale trop forte, jusqu'à prendre des bains de mer tièdes coupés avec l'eau commune, lesquels furent progressivement ramenés à l'eau de mer sans mélange.

7° Quand la température de la mer a varié subitement d'un degré et demi à deux degrés, il est rationnel quelquefois de faire revenir aux bains chauffés. Cette variation est indifférente au plus grand nombre; mais elle est l'occasion de vives et pénibles sensations pour quelques-uns.

8° Quelques personnes sont très sensibles à l'humidité atmosphérique engendrée par la prédominance des vents d'ouest; on ne doit pas leur permettre de débuter par le bain à la lame, si de telles circonstances existent : il y a avantage à les faire commencer par les bains chauffés selon la graduation indiquée. Il est même des portions de saison où cette méthode de début est applicable à la généralité des baigneurs.

Dans tous ces différens cas, les bains de mer chauds ont eu, à un certain degré, les effets des bains froids. J'ai constaté chaque année combien cette espèce de bains, administrés depuis 26 jusqu'à 18°, prêtait au corps de résistance contre le froid extérieur. C'est là précisément une des actions qui les distinguent des bains simples, lesquels laissent, au contraire, les individus sans défense contre cet agent.

Un petit nombre de ces bains suffit chez une jeune femme débile, pour faire cesser une leucorrhée qui remontait au temps de sa jeunesse. Ils ont fait succéder la constipation à un état diarrhéique qui datait d'une *fièvre muqueuse*, et qui était facile à réveiller sous l'influence d'une émotion, de l'impression du froid, des alimens relâchans, etc.

Les bains de mer chauds chez les sanguins qui ont passé l'âge adulte et qui ont de faciles congestions à la tête, peuvent amener des étincelles devant les yeux, si on n'a soin de les administrer avec les affusions céphaliques.

3° *Affusions d'eau de mer.* — L'usage des affusions d'eau froide remonte à Hippocrate et aux temps postérieurs de l'antiquité grecque. Depuis le milieu du siècle dernier, il a été expérimenté de nouveau, et les médecins de l'Europe et de l'Amérique du Nord ont eu de nombreuses occasions de constater ses bons effets dans les maladies aiguës de l'encéphale et de ses annexes, dans les fièvres avec prédominance des symptômes nerveux et dans les fièvres éruptives.

L'application des affusions d'eau de mer, indiquée par les Docteurs Lefrançois et Mourgué, a été depuis généralisée par M. Jules Guérin, avec un succès souvent répété par son successeur. Ces affusions sont destinées à fournir désormais une ressource précieuse contre une foule de cas pathologiques, comme la suite de ces recherches en fournira la preuve.

L'opération des affusions consiste à verser avec une certaine lenteur, sur la tête nue ou recouverte d'un serre-tête de taffetas ciré, une quantité déterminée de seaux d'eau de mer. Les affusions s'administrent seules ou concurremment avec les bains *à la lame*, ou bien pendant le temps du bain d'eau de mer chauffée. Dans le premier cas, la personne se tient debout ou agenouillée sur le bord de la mer, et reçoit sur la tête le nombre prescrit de seaux d'eau ; si elle doit simultanément prendre le bain de mer et recevoir l'affusion, ce nombre se partage également entre le moment qui précède l'entrée dans la mer et celui qui suit la sortie. Dans le second cas, les affusions se divisent de même entre les premiers et les derniers instans du bain de mer, et consistent à verser sur la tête une suite de seaux, lesquels sont remplis successivement au robinet d'eau froide qui alimente la baignoire. La première moitié des affusions est accompagnée d'un saisissement général et d'un vif sentiment de froid; la seconde cause beaucoup moins d'impression : quelques personnes n'en éprouvent presque aucune sensation.

L'administration et le nombre des seaux qui doivent composer les affusions, sont réglés d'après les données et les circonstances suivantes :

1° Les affusions en général ne doivent jamais s'administrer sans une indication particulière fournie, soit par l'état présent de la santé des individus, soit par quelque modification morbide produite chez eux par l'effet du bain de mer.

2° Malgré l'existence de ces indications, il est un certain nombre de ces individus auxquels les affusions causent une impression trop vive pour qu'on doive les leur continuer.

3° On doit augmenter graduellement la quantité des seaux composant chaque affusion, en commençant par un ou deux, et en n'allant pas au-delà de seize à vingt.

4° Le nombre des seaux de l'affusion administrée dans les cabinets doit être moins considérable que celui de l'affusion à l'air libre, en raison de l'inégalité de température qui existe entre l'eau qu'elles fournissent et l'eau que contient la baignoire, et en raison de l'immobilité où se trouve nécessairement retenu celui qui la reçoit.

Les cas particuliers qui réclament l'usage des affusions sont : les chutes anciennement faites sur la tête, l'habitude des raptus sanguins des yeux et du cerveau, les amauroses

commençantes, les céphalées fixes ou erratiques, périodiques ou irrégulières, toutes les variétés de l'hémicrânie,
les divers degrés de la paraplégie et de l'hémiplégie; les
névroses de l'appareil ganglionnaire associées à des phénomènes dépendans de l'axe cérébro-spinal; chez les enfans,
la prédominance du volume et de l'action du cerveau sur
les autres organes, et surtout la circonstance anamnesti-
que d'accidens aigus survenus vers l'appareil encéphalique.

Toutes ces maladies réclament nécessairement les affusions, soit qu'elles se montrent liées à un état congestion-
naire sanguin ou à une lésion organique des centres nerveux, soit qu'elles tiennent à une simple lésion de leur
sensibilité. Toutes aussi peuvent offrir cette circonstance,
que le nombre des affusions devra être augmenté, en
proportion que la durée des bains sera diminuée. Un
certain nombre d'elles pourront même réclamer la suspension du bain de mer et l'usage exclusif des affusions. De telles modifications ont été dictées par les cas
suivans : les bains avaient augmenté une céphalalgie habituelle; dans une hémicrânie périodique, la réaction des
bains les plus courts était insuffisante, à cause de l'âge et
des circonstances morales où se trouvait la personne; dans
une lésion de la vue, les bains de mer avaient encore davantage brouillé les objets. Dans ces différens cas, les
affusions seules n'eurent aucun des inconvéniens des bains
associés à elles; dans un cas même où ils avaient été sans
réaction, elles amenèrent constamment une fraîcheur
agréable.

Dans tous ces cas, les affusions produisent des résultats
qu'on attendrait en vain des bains de mer seuls. J'ai vu

une violente migraine revenant tous les deux ou trois jours et s'accompagnant de nausées, céder à quelques affusions, après avoir résisté à seize bains de mer. Un hémorrhcïdaire redoutait beaucoup les bains de mer, depuis l'expérience qu'il en avait faite à quelques années de là. A Dieppe, les affusions réunies à des bains très courts, lui épargnèrent ce qu'il craignait depuis cette époque, d'incommodes étour-dissemens.

Un certain nombre de personnes, par le seul fait du bain de mer ou par cela seul qu'elles y sont entrées trop lentement, ou qu'elles y ont demeuré trop long-temps, éprouvent une congestion sanguine de la tête. Ordinaire-ment replètes, plethoriques ou sujettes aux céphalalgies, ou ayant éprouvé dans le passé des maux de tête et des étour-dissemens, à la suite d'une chute, on les voit prises, chaque fois en sortant de la mer, de céphalalgie, d'étourdissemens accompagnés quelquefois d'une congestion faciale très mar-quée pendant plusieurs heures ; d'autres fois d'une certaine excitation des phénomènes moraux et intellectuels. On s'est vu, en pareille circonstance, obligé de recourir à une émission sanguine ou à l'usage d'un laxatif. Presque tou-jours les affusions suffisent à empêcher le retour de ces accidens, excepté dans certaines idiosyncrasies particu-lières. Ainsi les bains n'ont cessé de donner lieu à de vio-lentes congestions céphaliques, que le jour où la personne qui les éprouvait, eut l'idée de les prendre sans se mouiller la tête. Elle se contentait, en entrant dans l'eau, de se mouil-ler l'épigastre avec une éponge. Il y a encore un petit nombre d'individus congestionnables, que rien ne semble pouvoir préserver du *raptus* sanguin de la tête, pendant l'usage du bain de mer. Les affusions et la rapidité du passage dans l'eau sont impuissantes à combattre cet afflux sanguin, à l'instant où la réaction se développe. Ce sont des constitutions caractérisées par une constipation opiniâtre.

Il se trouve aussi parfois des baigneurs auxquels les affusions et les immersions sont conseillées par force majeure, qui suivent leur instinct en s'en abstenant, et qui se justifient par le succès : tel est le cas d'une femme de vingt-cinq ans, laquelle éprouvait encore de l'étouffement, une demi-heure après ces opérations.

D'autres, éminemment nerveux, éprouvent une difficile réaction après ces opérations, avec refroidissement des pieds, et bientôt avec étourdissemens, s'ils persistent dans l'usage des bains de mer. Ce genre d'accident est accompagné de trouble de la vue et d'une altération sensible de la transparence de la cornée, que je ne puis mieux comparer qu'aux effets de la belladone à trop grande dose. Les affusions ne sont point un remède à cette classe d'individus. Chez une dame très nerveuse, cet accident cessa par la seule ingestion de quelques cuillerées de vin de Malaga.

Si d'une part, il est un certain nombre de cas où les affusions se montrent nuisibles, ou bien sont impuissantes à remplir les indications qu'on attend; d'autre part, comme on le pense déjà, il est commun d'en rencontrer où cette opération, jugée inutile, doit, par conséquent, être omise. Ces derniers cas appartiennent en général à des organisations plutôt nerveuses que sanguines, étrangères à toutes les formes de la céphalalgie.

Après le bain de mer, on peut faire affusionner chaque jour avec avantage les articulations *nouées* par le rachi-

tisme, ou *relâchées* par les scrophules, ainsi que les anky-
loses résultant d'une carie fistuleuse cicatrisée : on a soin
seulement que les parties malades reposent sur un coussin
de paille. J'ai fait jeter des seaux d'eau avec précaution,
et dans une direction oblique, sur la colonne vertébrale de
quelques jeunes filles qui venaient de subir un traitement
orthopédique.

4° *Douches d'eau de mer à toutes les températures.* —
L'établissement de Dieppe possède, depuis un an, un appareil de douches descendantes qui réunit, au plus haut
degré, toutes les conditions convenables, quant à son mode
d'application et à l'intensité de sa colonne d'eau. Cette
année y apportera encore de nouveaux arrangemens propres à augmenter encore la commodité des cabinets con -
sacrés à l'administration de ces douches.

Les douches, comme auxiliaires des bains de mer, ont
été appliquées avec un succès marqué sur les articulations
des membres engorgées d'une manière indolente, par suite
d'anciennes entorses, ou qui offraient quelques vestiges de
rachitisme et de scrophules; sur les membres spontané-
ment endoloris ou claudicans par suite d'anciennes lésions
traumatiques; sur les extrémités inférieures chez ces jeunes
personnes qui les ont sans cesse refroidies; sur la colonne
vertébrale et les membres des individus affectés de paraplégie, d'hémiplégie, de rhumatisme musculo-fibreux, de
lombago chronique, ou de ces douleurs auxquelles on a
donné le nom de *coup de fouet;* sur la partie postérieure et
médiane du tronc, chez les enfans qui présentaient une
laxité anormale de l'appareil ligamenteux et fibro-cartilagi-
neux des vertèbres, ou bien une certaine faiblesse musculaire lombo-dorsale; sur l'hypogastre, la région sacrée et

le périnée, contre des blennorrhées, *des profluvia semi-nis*, et des incontinences d'urines, qui avaient résisté à tout; sur des portions du canal intestinal habituellement dilatées par des gazs.

Les succès de certaines douches, prises aux Eaux minérales salines, se sont répétés à Dieppe sur les hémiplégiques. Sous l'influence de la nouvelle douche, on a vu quelques-uns de ces malades recouvrer de jour en jour leur énergie musculaire.

Une action qui se rapproche des douches, et qui se dirige aussi sur les pieds scrophuleux, c'est la percussion de *la lame*, qui vient battre incessamment les bords de la mer. Je me suis bien trouvé de faire exposer, à ces chocs, les membres ainsi malades, avant ou après le bain.

5° *Lotions; pédilures d'eau de mer.* — On emploie les lotions contre l'inflammation chronique des glandes de Meïbomïus, et les pédiluves, contre les congestions céphaliques et les retards menstruels occasionés par l'usage des bains de mer.

6° *Usage intérieur de l'eau de mer.* — Cet usage, dont R. Russel a tiré un si grand parti, et dont Buchan a observé les bons effets chez les individus caractérisés par l'embonpoint et l'obtusité nerveuse, mérite d'être repris par la pratique médicale. Le premier de ces praticiens le vantait dans les affections cutanées, dans les scrophules, dans la jaunisse, dans les maux de gorge habituels, dans la paralysie, dans les douleurs néphrétiques, et dans les maladies de l'enfance, telles que le carreau, la chorée et l'éclampsie. De nos jours, en Angleterre, où l'habitude des purgations est populaire, l'eau de mer à l'intérieur est encore généralement répandue, quoiqu'elle ne soit pourtant qu'un moyen accessoire à l'emploi des bains.

Je donne à boire l'eau de mer aux personnes habituellement constipées, ou qui le sont devenues, comme il est ordinaire de le voir, sous l'influence des premiers bains; aux personnes auxquelles ceux-ci causent des congestions céphaliques; ou bien à celles qui sont naturellement congestionnées ou souffrantes d'hémorrhoïdes, aux jeunes filles chlorotiques et aux enfans scrophuleux. Les individus jeunes ont besoin de prendre un demi-verre ou un verre d'eau de mer coupée, pour obtenir des garde-robes. Un verre et demi à deux verres sont nécessaires aux adultes. Les enfans sont relâchés avec deux ou trois cuillerées.

L'eau marine est un laxatif doux, bien assorti à l'usage externe qu'en font les baigneurs : on en répète la dose selon le besoin. J'en ai fait prendre aux enfans scrophuleux deux fois par semaine régulièrement. Il est ordinaire de la boire avant le bain du matin. Ce qui est à peine croyable, c'est que, malgré sa saveur saumâtre et pleine d'amertume, elle n'est jamais rejetée par le vomissement, et n'inspire bientôt plus aucune répugnance au buveur.

7° *Lavemens d'eau de mer.* — Un demi-lavement, gardé quelques minutes, est un évacuant presque sûr des voies intestinales. Des constipés d'habitude obtiennent, par ce moyen, des selles spontanées pendant plusieurs jours.

8° *Injections; douches ascendantes rectales et vaginales.* — Les unes et les autres sont utilement pratiquées dans les variétés de la leucorrhée, dans les déplacemens de l'utérus et dans les engorgemens du col de cet organe, pourvu que les parties ne soient actuellement le siége d'un travail phlogistique. Dans ces cas, on les mitige par un liquide émollient.

Les douches rectales ont servi à vaincre quelques constipations opiniâtres.

## § III.

### Circonstances principales de l'administration des bains de mer.

1° *Durée du bain de mer.* Les baigneurs qui arrivent à Dieppe sont trop souvent persuadés que la durée du bain peut se déterminer indifféremment, d'après leur instinct personnel, d'après le bien-être qu'ils éprouvent dans l'eau, ou d'après le moment de l'invasion du second frisson. On en voit même souvent qui, dans la pratique, perdent de vue ces règles, tout erronées qu'elles soient, en prolongeant le temps du bain, jusqu'à mettre leur visage dans un véritable état de cyanose. La plupart des médecins eux-mêmes ne paraissent pas exempts de quelque erreur à cet égard; car, ou ils laissent ceux qu'ils envoient à Dieppe libres de se diriger d'après les données fausses que je viens de signaler, ou bien ils règlent le temps qu'ils doivent rester à la mer, d'après une mesure qui dépasse le plus souvent ce qu'il est rationnel d'accorder sur ce point.

La question de la durée des bains de mer est pratiquement la plus importante de toutes celles qui sont relatives à leur administration. Je me suis efforcé de l'éclairer d'après tous les faits qui se sont offerts à moi. J'ai dû d'abord m'avancer avec réserve dans cette route : après six mois d'observations journalières, mon opinion sur la durée des bains de mer est restée fixée de la manière suivante :

1° Les enfans faibles ou d'un âge très-tendre , les jeunes filles , et les femmes encore jeunes qui toussent , qui ont des douleurs sternales ou inter-scapulaires , ou qui ont éprouvé naguère des symptômes pectoraux d'une certaine gravité , des hémophysies , par exemple , ne doivent prendre que des bains très-courts (une à trois minutes). Depuis long-temps , les médecins anglais avaient recommandé et constatés les bons effets d'une simple immersion dans l'eau froide , chez les enfans disposés au rachitis et aux scrophules.

2° Les femmes d'un tempérament nerveux , amaigries , très-débilitées ; les jeunes personnes qui se forment , les chlorotiques et les enfans rachitiques ne doivent jamais les prolonger au-delà de quatre à cinq minutes. Sous l'empire de telles conditions organiques , on est obligé quelquefois de limiter l'usage du bain , à une seule , à deux ou à trois immersions au plus. Tel est aussi le cas des femmes qui ont été affaiblies par de longues épreuves morales.

3° Les individus encore jeunes , assez forts , peu excitables , exempts de maladies organiques , peuvent rester à la mer de cinq à huit minutes.

4° Les adultes robustes , d'un tempérament sanguin ou lymphatique , qui sont munis d'embonpoint , et se nourrissent amplement , supportent la mer sans inconvéniens de huit à douze minutes.

5° Les jeunes gens et les femmes lymphatiques peu impressionnables , les scrophuleux adolescens prennent avec avantage des bains à douze à quinze minutes.

6° Les personnes de tout âge et de tout sexe , qui sont nées de parens phthisiques , qui sont sujettes elles-mêmes à quelque dyspnée et à quelques douleurs thoraciques, quoique actuellement bien portantes, ne doivent prendre que des bains très-courts.

7° Pour la majorité des individus, un degré d'abaissement dans la température de la mer, après une suite de jours chauds, rend le bain très-froid. C'est une raison de faire raccourcir sa durée, dans la plupart des cas.

Les Anglais, qui sont nos prédécesseurs dans la pratique des bains de mer, limitent encore plus rigoureusement, que je ne viens de le faire, leur durée relative.

Dès les premiers pas que je fis dans cette carrière, j'eus à observer les suites fâcheuses qu'entraîne la prolongation du bain de mer. Le moindre inconvénient qui en résulte, consiste dans la privation de cette force de résistance au froid extérieur, qui est le bienfait le plus précieux du bain de mer, ou dans une réaction insuffisante. Le défaut de réaction laisse subsister plus ou moins de temps la sensation du froid, qu'annoncent alors la rétraction des traits du visage, la couleur violacée des lèvres, les marbrures de la peau, etc.

Mais, dans un certain nombre de cas, l'abus dans la durée des bains de mer entraîne de véritables accidens. J'ai vu, chez les bilieux, l'insomnie et la perte complète de l'appétit suivre des bains prolongés. Sous l'influence de ceux-ci, j'ai observé encore communément des bronchites chez les enfans, des congestions céphaliques et des douleurs rhumatismales chez les adultes, des céphalalgies et des étourdissemens chez les hypocondriaques, chez les individus sujets aux *raptus* sanguins des yeux, et chez ceux qui avaient éprouvé, dans le passé, des accidens cérébraux par suite de lésions traumatiques de la tête. Une jeune femme, à poitrine étroite, après avoir poussé la durée de ses bains jusqu'au frisson secondaire, ne put réagir en sortant de la mer. Elle eut, dans la journée, des frissons, de la courbature générale, des douleurs pectorales, de la céphalalgie, et le lendemain, il s'y joignit des douleurs d'entrailles avec nausées et diarrhée. Une autre, d'habitude rhumatismale, qui lui faisait supporter péniblement les hivers, et surtout les hivers de Paris, commença sa saison par trois bains de sept à huit minutes; elle se réchauffa bien; mais, dans la journée, elle se refroidit chaque fois des extrémités et de toute la surface du corps; elle eut en même temps de la courbature et de la somnolence : cet état la conduisit à une irritation gastrique, avec mouvement pyrétique, laquelle l'obligea à renoncer, pendant plusieurs jours, aux bains de mer, et à les remplacer par des bains chauffés. — Quand elle revint aux bains de mer, deux ou trois minutes de séjour dans l'eau lui firent du bien, sans avoir les inconvéniens de ses premiers essais.

Un bain d'un quart d'heure jeta un homme adulte, d'un obésité lymphatique, dans un état de défaillance, avec figure hâve, défaite, lèvres décolorées, cornées ternies, amples efforts d'inspiration, absence du pouls. Je ne pus attribuer cet accident qu'au refoulement du sang dans les gros vaisseaux, causé par le trop long séjour dans l'eau.

Long-temps avant d'avoir été témoin de tous ces accidens, je ne permettais plus, même aux baigneurs placés dans les meilleures conditions de santé, de dépasser dans le bain le terme de douze à quinze minutes. Il me paraissait déjà préférable, comme il sera dit, de répéter le bain deux fois dans la même journée, mais jamais plus.

La méthode des bains courts n'a pas les inconvéniens nombreux de la méthode opposée; elle est d'ailleurs la seule qui puisse faire du bain de mer un agent hygiénique et thérapeutique d'une patente efficacité. Elle offre moins d'attraits, sans doute, aux baigneurs; mais mon but n'est pas de considérer les bains de mer comme exercice d'agrément.

Diverses circonstances peuvent servir à modifier la durée du bain de mer. Ainsi, il est de règle en général de l'augmenter à mesure que le corps contracte l'habitude de son impression, et à mesure que les effets physiologiques de cette impression s'atténuent. Les hommes, eu égard à la pratique du *nager*, à laquelle ils se livrent le plus souvent, eu égard à leur obtusité nerveuse, doivent séjourner à la mer plus long-temps que les femmes. De toute nécessité, le temps du bain doit être restreint plus que de coutume pour tous les sujets, si la mer est agitée, et si les vagues sont très-fortes, ou si la température atmosphérique s'est refroidie. Je dirai, à cette occasion, que je me suis demandé si cette année, dans les mêmes circonstances, le bain ne devait pas être limité beaucoup plus que l'année précédente. Je suis porté à croire que, sous le rapport de la durée des bains, les années doivent varier selon les différences qui existent dans la moyenne de leur température.

J'ai dit déjà qu'il était parfois praticable, et je dirai même convenable de doubler le bain de mer dans la même journée, sans jamais aller au-delà. Pourtant un jeune homme bien portant, toutefois presque idiot, put aller impunément trois fois par jour à la mer, et y demeurer une demi-heure chaque fois : mais aussi, chez une dame adulte et forte, trois bains de quelques minutes, pris dans la même journée, amenèrent un accès fébrile très-violent dans la nuit suivante.

Cette loi de graduation dans la durée des bains de mer, ainsi que dans leur nombre, et dans les conditions qui obligent de débuter par les bains de mer chauffés, ne peut être omise, dans de certains cas, sans quelque danger. Une dame, ayant un rhumatisme du péricrâne et des parois thoraciques, arriva à Dieppe le 21 août 1835; en descendant de voiture, elle·se baigna à la mer pendant dix minutes. Le lendemain, elle répéta le bain deux fois pendant le même espace de temps. En sortant du dernier bain, elle ne se réchauffa pas; elle eut du frisson : le jour suivant, fièvre, douleurs contusives des membres et de la poitrine, céphalalgie occipitale, toux, nausées, langue blanche, insomnie. Les boissons diaphorétiques, les cataplasmes et les pédiluves sinapisés la soulagèrent; mais elle resta tourmentée pendant plusieurs jours par une toux sèche, rauque, avec chatouillement sous-sternal. Trois jours après son imprudence, elle gardait encore le lit. Quand elle put se lever, elle était changée, pâle et faible, et toussait encore. Elle ne put sortir que sept jours après; le onzième jour, elle toussait encore, et le vent de la mer lui donnait de l'oppression. Avec un antécédent pareil, je ne dus pas lui permettre de se rebaigner.

Une autre personne poussa le bain jusqu'à une durée extravagante; elle prit trois jours de suite un bain d'une heure et demie. Le troisième jour, elle fut prise d'odontalgie et de fluxion douloureuse de la joue gauche. Le lendemain, elle souffrit violemment de la tête, et fut prise de fièvre. Ces accidens se calmèrent avec quelque peine.

2° *Epoques de l'année où il est convenable de venir aux bains de mer.* — Les médecins jugeant que les bains de mer n'ont tous leurs avantages qu'à l'époque des grandes chaleurs, pendant les jours caniculaires de l'été, ont l'habitude de les conseiller depuis le 15 juillet jusqu'au 1er septembre, rarement au-delà. J'ai taché d'étudier aussi les bains de mer sous ce point de vue, en comparant mes observations particulières dans tous leurs détails, et en tenant compte de la différence des effets produits, selon que les sujets qui m'ont fourni ces observations s'étaient baignés pendant les mois de juillet et d'août, ou pendant le mois de septembre. Je crois être autorisé à établir les considérations suivantes :

1° Pendant les jours caniculaires, l'eau de la mer, comme on l'a vu, parvient à son plus haut degré de température. Cette condition rend alors les bains éminemment convenables aux enfans et aux personnes débilitées.

2° Dans le mois de septembre, l'abaissement de cette température paraît augmenter l'efficacité des bains de mer pour ceux qui ont besoin surtout d'une grande *sédation*. C'est le cas des individus que caractérisent l'embonpoint ou la pléthore sanguine, et qu'affectent les névroses non accompagnées d'affaiblissement. Plusieurs de ces baigneurs, après avoir fréquenté les bains de mer pendant plusieurs années, ou après avoir pris dans les mêmes années les bains de septembre et ceux des mois précédens, sont arrivés par leurs propres sensations à reconnaître eux-mêmes la supériorité des uns sur les autres. L'eau leur est beaucoup plus froide en septembre ; mais les effets toniques et sédatifs qu'ils en reçoivent leur paraissent beaucoup plus prononcés. Le raisonnement appuie ce fait d'expérience. Les Anglais, qui paraissent avoir aussi fait cette remarque, ne commencent la saison des bains de mer qu'en septembre, et la prolongent en octobre et même en novembre.

Il reste maintenant à décider, si les bains du mois de septembre, efficaces dans des circonstances données, ne seront pas nuisibles pour les cas nombreux qui ne rentrent pas complètement dans ces circonstances ou qui s'en éloignent tout-à-fait. D'abord, il n'y a nullement à douter des avantages absolus de cette espèce de bains, pour ceux qui, ayant débuté à une époque précédente, se trouvent affranchis déjà par l'habitude des effets de l'impression première de l'eau de mer. Quant à la majorité des individus auxquels on voudra pour la première fois faire commencer les bains de mer, pendant le mois de septembre, je ne suis pas moins convaincu de leur innocuité et de leur utilité, à la condition qu'ils seront convenablement modifiés quant à leur durée. Il reste donc un petit nombre de sujets à qui ces bains doivent être spécialement défendus, à cause de leur âge ou de leur état d'affaiblissement.

Ces résultats sont fournis par les faits. De ce qu'ils sont mal connus ou mal appréciés par les praticiens, il n'est pas hors de mon sujet de dire un mot des causes qui éloignent de la mer les baigneurs, ou les empêchent d'y arriver dès les premiers jours de septembre. Il y en a deux principales : le refroidissement de la température de la mer, qui rend moins agréable la pratique des bains de mer, et les variations de l'atmosphère, qui contrarient les promenades et les distractions qu'amènent les beaux jours.

Je dirai d'abord que l'année 1834, comme toutes les années à chaleur constante, a déjà donné un ample gain de cause, aux raisons par lesquelles il est possible de combattre la part qu'on accorde à ces deux influences, dans les déterminations qui empêchent de venir ou d'envoyer sur les bords de l'Océan. Effectivement, le *minimum* de la température de la mer dans le mois de septembre était de 13° + 1/2+o, et il n'était que de 14°+o pendant les mois précédens. D'un autre côté, la température atmosphérique s'est élevée plus haut dans le premier mois que dans les seconds.

Il ne faut donc parler que des années communes où la mer perd davantage de sa température, et où le mois de septembre apporte avec lui à la fois un abaissement de la température de l'atmosphère et des variations dans ses conditions météorologiques. L'année 1835 peut être prise en exemple, je crois. Voici le tableau des observations qui ont été faites à Dieppe, durant les mois de juillet, d'août et de septembre, sur les relations des *minima* de la température de la mer et de l'atmosphère : :

| | MER. | ATMOSPHÈRE. |
|---|---|---|
| Juillet. . . . . | 14° + o . . . . | 11° 1/2 + o |
| Août. . . . . . | 15° + o . . . . | 11° 1/2 + o |
| Septembre. . . | 9° + o . . . . | 9° 1/2 + o |

Il y a quelques raisons de croire constantes ces relations, entre les températures maritime et atmosphérique des étés de chaque année, en sorte qu'on est en droit d'admettre que jamais la température de la mer en particulier, ne s'abaisse beaucoup plus aux mêmes époques.

Ainsi donc en 1834, année chaude, l'abaissement de la chaleur de l'eau de mer, qui a servi à rendre moins agréable la pratique du bain dans le cours du mois de septembre, ne consistait qu'en deux degrés et demi comparativement aux deux mois précédens, tandis que les époques corrélatives de l'année suivante, année moins chaude, offrirent une différence de 9° + 0 à 14° + 0. Cette différence doit-elle arrêter le praticien dans l'administration des bains de septembre, dans les années qui ressemblent à celle qui vient de s'écouler? Je n'hésite pas à répondre négativement, puisqu'il est prouvé par l'expérience que l'inconvénient léger de la sensation plus vive de froid qu'ils font éprouver au baigneur, est compensée, dans la plupart des cas, par la diminution du temps qu'ils doivent durer et par les conditions nouvelles d'efficacité qu'on a le droit d'en attendre. J'insiste : la diminution de la durée de chaque bain pris dans le mois de septembre est la condition nécessaire, si on veut les pratiquer avec fruit et impunité.

Quant aux changemens de la température atmosphérique, une circonstance qui en atténue les désavantages, c'est que l'action première des bains de mer, est bientôt d'y rendre le corps moins sensible. Et d'ailleurs, ce qu'après cela l'état de l'atmosphère renferme de contraire sous ce rapport, s'évite facilement par l'addition ou la modification de quelque vêtement, et pour certaines personnes, par l'abstinence du bain pendant les jours les plus mauvais.

Si communément les promenades sont moins praticables, si les distractions sont plus restreintes dans le mois de septembre, c'est le cas pour le baigneur de prendre son parti, quand il s'agit pour lui d'un intérêt de santé, et pour le praticien de considérer exclusivement l'application du bain de mer dans ses rapports thérapeutiques. D'ailleurs, l'absence de ces plaisirs, sur lesquels chacun compte aux bains de mer, comme aux Eaux minérales, ne tient pas seulement aux conditions de l'atmosphère, elles tiennent encore plus peut-être à ce que la foule s'enfuie à cette époque, et qu'elle n'est pas remplacée par de nouveaux arrivans. Si, comme en Angleterre, il passait dans nos habitudes, de demeurer ou d'être envoyés aux bains de mer à l'époque que nous appelons l'arrière-saison, les plaisirs de la société continueraient d'y offrir des ressources suffisantes contre les ennuis des mauvais temps.

D'après tout ce qui précède, je crois qu'il serait praticable et avantageux d'établir, pour chaque année, l'époque des bains de mer, depuis le 25 juin jusqu'au 25 septembre, et de diviser cet espace de temps en trois périodes ou saisons d'un mois chacune. Ai-je besoin d'ajouter qu'en proposant ce temps ainsi fixé et divisé, je suis loin de proscrire, pour les années qui ressembleront à 1834, les bains qu'on serait dans le cas de conseiller plus tôt ou plus tard ?

Ces divisions, dira-t-on, sont tout arbitraires; mais du moins on ne niera pas qu'elles ne soient fondées sur de réelles conditions de la température de la mer et de l'atmosphère, et sur la distinction des époques de l'année, où l'on a l'habitude en France de quitter les villes ou le *chez soi* par besoin de santé ou de distraction, ou par cessation des affaires.

3° *Heures de la journée où il est convenable de prendre les bains de mer.* — Après avoir fixé le temps de l'année où il est propice de se baigner à la mer, il faut déterminer aussi l'heure de la journée où il est le plus convenable de le faire.

Dans le grand nombre de cas qui rendent les bains du mois de septembre préférables à ceux des mois précédens, les mêmes raisons qui ont été exposées à ce sujet, veulent qu'on se baigne le matin, depuis sept heures jusqu'à onze : ce sont les instans de la journée où l'atmosphère et la mer sont à leur plus basse température. Dans tous ces cas, il y a parfois nécessité, mais toujours utilité de choisir ces heures de la matinée. Celles-ci sont donc applicables à la plupart des baigneurs. Le milieu du jour doit être pratiqué par ceux qui craignent le bain ; qui sont impressionnables outre mesure à sa première action, et qui se réchauffent avec peine; par ceux qui reconnaissent, après expérience, que les bains pris à jeun engendrent chez eux du malaise et de la fatigue, et par ceux qui, péniblement impressionnés par le froid du matin, ont quelque peine à réagir.

4°. *Nombre de bains de mer composant une saison.* Il ne peut être fixé d'une manière absolue. Une saison passée à Dieppe suppose qu'on a pris de vingt à vingt-cinq bains de mer; elle en suppose de trente à quarante, selon qu'on a permis de les doubler quelquefois ou le plus souvent. Le plus grand nombre de personnes peuvent ne rester qu'une saison. Dans quelque cas que ce soit, moins de vingt bains ne peuvent guère amener de résultats réels. Le baigneur qui est libre d'affaires, ou qui vient chercher la guérison d'une de ces maladies qui réclament les bains de mer aidés du temps, restera deux saisons ; ce qui équivaut à soixante-dix ou à quarante bains, selon qu'ils seront ou ne seront pas doublés chaque jour. Seulement, il sera rationnel qu'il mette quelques jours de repos entre ces deux saisons. Dans la plupart des cas, le *maximum* du chiffre de ces bains atteint le but que l'art se propose, ou les bains de mer ne seront pas destinés à l'atteindre.

Seulement, les maladies scrophuleuses des articulations peuvent continuer de s'améliorer sous l'influence de vingt-cinq ou trente bains de plus. Dans ce cas, voici comment on doit distribuer ce nombre considérable de bains : chez les scrophuleux en bas âge, après vingt ou vingt-deux bains, on prescrit un repos de deux ou trois jours ; puis on recommence une nouvelle série, suivie aussi de jours de repos. En général, ce sont les scrophuleux qui prennent les bains en plus grand nombre ; de jeunes enfans peuvent ainsi faire jusqu'à trois saisons avec de progressifs avantages pour leur maladie. Pourtant, il m'a semblé avoir observé, quoique rarement, une série de phénomènes qui indiquaient que la tolérance de ces sujets était épuisée après une cinquantaine de bains. C'étaient une excitabilité morale et une fatigue générale avec paresse musculaire, figure altérée, yeux injectés, etc.

Ailleurs, la crainte de réveiller des symptômes pectoraux habituels aux baigneurs, peuvent empêcher d'aller au-delà de quinze à vingt bains, et certaines circonstances, telles que l'intensité des effets consécutifs du bain, chez les femmes faibles et les enfans excitables, peuvent obliger à prescrire le repos de temps en temps, tous les six jours, par exemple, et même à ne laisser baigner que deux jours sur trois. Alors les bains qui correspondent à une saison ainsi modifiée, ne sont que vingt, que quinze. Si ce nombre est reconnu insuffisant, une seconde saison est nécessaire.

Il a été déjà dit qu'il était praticable de prendre des doubles bains dans le même jour, sans aller jamais au-delà. Un adulte, homme du Nord, d'une sensibilité obtuse, alla trois fois chaque jour au bain pendant dix jours, et y resta dix minutes chaque fois; il eut pendant la nuit de l'insomnie, du trismus, et pendant le jour de la somnolence et de la courbature. Il fut obligé de se circonscrire à deux bains par jour.

Les bains doubles ne doivent jamais s'administrer aux chlorotiques chez lesquelles la peau est si anémique. Pour tous les baigneurs, le bain ne doit pas se répéter dans la même journée, quand l'arrière-saison est arrivée, soit à cause de l'impression plus vive du froid qui l'accompagne, soit à cause de la force des vagues, inséparable des hautes mers qui ont lieu à cette époque.

Le principe des doubles bains étant accordé, il reste à déterminer les conditions qui doivent présider à l'administration de chacun d'eux. Règle générale : le bain du soir doit être éloigné le plus possible de celui du matin. Plusieurs faits semblent prescrire cette précaution; les effets consécutifs du premier bain se prolongent souvent plusieurs heures dans la journée; si le second bain intervient au milieu de ces conditions organiques, il en résulte des troubles de différentes espèces : c'est ce que j'appelle les *effets croisés* du double bain de mer.

5° *Hygiène à suivre avant le bain de mer et durant le temps de la saison.* — Si on arrive au bain après quelque exercice, et surtout si on est aux jours les plus chauds, où le corps est facilement en transpiration, il faut, avant de se baigner, rester quelques instans sur la plage, en contact avec l'air qui y règne. Une dame ayant négligé cette règle en prenant son second bain , tandis qu'elle se trouvait dans une condition semblable , fut prise d'étouffement d'abord , puis d'une oppression pénible , avec toux sèche et rauque , et sentiment particulier de gêne sternale. Elle ne put être débarrassée que par une application de sangsues au sternum.

Ne se mettre jamais à la mer que trois ou quatre heures après le repas , est une précaution hygiénique qu'on ne peut impunément négliger. Les baigneurs opposent à cette règle l'exemple des guides qui entrent dans l'eau en toute circonstance, sans en éprouver de mal. L'exemple est mal choisi : l'habitude a rendu nul , chez ces hommes , la perturbation que produisent les conditions d'un bain de mer chez tous les autres. J'ai vu une Dame tomber en syncope dans son bain, pour avoir mangé une minime quantité de pain avant d'y entrer. Un homme de la ville s'étant baigné après un repas où il avait fait de copieuses libations de cidre , périt à deux pas du rivage.

Marcher après le bain , autant que les forces le permettent , est l'unique moyen de faire profiter l'organisme de la plénitude de ses effets. Quelques-uns , à leur grand dommage , dépensent chaque jour, en un exercice violent , l'énergie qu'ils acquièrent par le bain ; d'autres se trompent à ce point , qu'ils rentrent chez eux et se couchent dans un lit chauffé.

A Dieppe , il est une pratique usitée par les baigneurs , pratique vicieuse de tout point, et de laquelle j'ai vu naître une foule d'accidens. Par tous les temps , à toutes les heures , et surtout le soir, ils ont l'habitude de venir s'asseoir en face et sur le bord de la mer. Sur les côtes de l'Océan , dans la plus belle saison de l'année , il s'élève ,

comme on sait, à la fin de la journée, une brise refroidie, qui est d'autant plus nuisible, qu'à l'époque dont je
parle, les spectateurs assis ont commis trop souvent l'imprudence de se vêtir à la légère. Le corps, qui a pris les
bains de mer, a bien véritablement acquis plus de résistance aux effets des changemens de l'atmosphère, mais
c'est à la condition que l'exercice le secondera dans cette
lutte, sans quoi sa résistance sera vaincue le plus souvent.
Rien n'est commun comme de voir des névralgies faciales,
des douleurs rhumatismales des épaules et de l'épicrâne,
des angines, des bronchites et des coliques, faire expier
aux baigneurs le plaisir de prendre le frais.

Porter des vêtemens plus chauds le soir; à cette heure,
ne s'exposer au vent de la mer, qu'en faisant de l'exercice; tels sont, dans ces circonstances, les deux préceptes
d'hygiène indispensables. L'exercice, d'ailleurs, est plus
nécessaire à Dieppe qu'ailleurs; car on y a besoin de réagir
par lui contre le froid du bain, et de dépenser le surcroît
d'activité qu'on reçoit de celui-ci.

Pourtant, il est quelques circonstances qui doivent restreindre cet exercice dans de certaines limites, et qui
prouvent que les bains de mer ne mettent pas nécessairement et toujours à l'abri, des influences de la température.
Ainsi les jeunes personnes faibles, peu réagissantes, voisines de la puberté, et les personnes qui ont un commencement d'angine, ne doivent pas s'exposer dans leurs promenades, au vent de la mer, lorsqu'il souffle avec force,
comme il n'est pas rare de le voir à Dieppe. On voit survenir, après une telle imprudence, des enroûmens et des
toux avec congestion pulmonaire. Dans toute autre cir-

constance, je recommande l'air vif de la plage de Dieppe, comme un auxiliaire puissant des bains de mer.

La vie alimentaire est à Dieppe munie de ressources qu'on retrouverait difficilement ailleurs; et les personnes qui se rendent à ces bains sont en général au nombre de celles à qui ces ressources sont surtout nécessaires.

6° *Suspension temporaire ou absolue des bains de mer.* — Certains cas obligent à suspendre les bains de mer momentanément ou d'une manière absolue.

On les suspend pour un temps, quand il existe, chez les baigneurs, des coliques accompagnées d'un mouvement diarrhéique, et assez vives pour exiger une médication particulière; quand ces coliques existent en vertu d'une constitution médicale actuellement régnante; et enfin, dans l'une et dans l'autre circonstance, quand elles ont été causées par un refroidissement.

Les phénomènes d'excitation morale qui se montrent chez quelques enfans, pendant l'usage des bains de mer, peuvent encore exiger leur suspension temporaire. J'ai l'habitude de faire reposer un jour tous les enfans très irritables ou très sanguins après le sixième, le septième ou le huitième bain.

Le refroidissement de l'atmosphère ou la force des vagues oblige aussi quelques personnes, les chlorotiques affaiblies, par exemple, à suspendre un jour la pratique de la mer. Chez d'autres, l'existence d'une toux exige qu'on prescrive de temps en temps une suspension. Dans les saisons pareilles à la dernière, où l'air vif de la mer aggravait les bronchites les plus simples, il m'a paru plus prudent de ne pas faire commencer les bains, ou de les faire suspendre aux individus qui toussaient avec quelque opiniâtreté.

## § IV.

### Effets physiologiques des bains de mer.

Ils se divisent en ceux qui accompagnent le bain (effets immédiats), et en ceux qu'on observe après lui (effets médiats).

A. *Effets immédiats.* — Je ne décrirai point minutieusement tous les phénomènes physiologiques que l'organisme présente sous l'influence de l'impression première des bains de mer, parce qu'ils ont été étudiés partout où on a traité des effets immédiats des bains d'eau froide. Le plus important des phénomènes à considérer, comme on sait, c'est le sentiment du froid, c'est le frisson qui se fait sentir en entrant, se dissipe bientôt, et revient après un temps variable (frisson secondaire). Le grand nombre d'individus que j'ai observés, m'ont offert, sous ce rapport, de telles différences, que j'ai cru intéressant de les classer ici en catégories, suivant la mesure de leur sensibilité à l'action immédiate du bain de mer, et la mesure de résistance qu'ils opposent à son impression secondaire. L'intensité de l'impression première et instantanée, et l'intervalle de temps qui la sépare de la seconde, établissent entre les baigneurs une sorte d'échelle de tolérance individuelle, laquelle peut servir à déterminer quelquefois, d'une manière préfixe, la durée qu'on doit donner au bain de mer, et aussi l'efficacité qu'on peut en attendre.

1° Les uns n'éprouvent presque aucune impression en entrant dans la mer : leur visage ne se décolore point; leurs traits restent calmes. Ils peuvent demeurer une demi-heure à une heure dans l'eau sans ressentir le frisson secondaire. Ce sont des individus jeunes ou adultes, sains et vigoureux, caractérisés par l'embonpoint et un développement marqué du système vasculaire périphérique, ou bien qui ont l'habitude des bains de rivière, ou des bains froids domestiques. Beaucoup de jeunes personnes, envoyées de Paris à Dieppe, se trouvent dans ce dernier cas. Il y a lieu d'être frappé chez elles de la promptitude des phénomènes réactifs qui suivent les bains de mer.

2° Les autres, au contraire, ressentent une vive impression de froid, accompagnée de saisissement général, de suffocation ou de constriction suffocante du thorax et de l'épigastre. Cette sensation oppressive varie beaucoup selon les individus : les uns l'éprouvent à la poitrine, au haut du sternum, ou à sa partie inférieure; les autres aux lombes, à l'abdomen, au milieu de l'épigastre, ou dans un trajet qui semble appartenir aux attaches diaphragmatiques. Dans cette catégorie de baigneurs, le visage pâlit et les traits se contractent; le refoulement sanguin de la périphérie au centre occasionne des vertiges, des palpitations, un sentiment de chaleur interne de la poitrine, ou une légère quinte de toux. Ces modifications organiques cessent plus ou moins promptement et sont suivies même d'un état de bien-être. Dans ces cas, le second frisson est très-variable dans son invasion : l'instant qui le sépare du premier varie depuis cinq minutes jusqu'à un quart d'heure. Cette classe renferme le plus grand nombre des individus. Ceux que le frisson secondaire atteint le plus tard

sont en général des adultes ou des jeunes gens bien por-
tans; ceux qui le ressentent après quelques minutes, sont
des individus affaiblis par une vie sédentaire, par des
souffrances passées ou actuellement existantes, ou bien des
individus habitués de longue date à des bains domestiques
très-chauds.

Dans ces deux premières catégories d'individus, l'impression de l'air extérieur est presque nulle en sortant du
bain; la réaction se fait franchement. La plupart ont le visage calme et non trop coloré, et éprouvent un sentiment
de chaleur générale à la périphérie du corps; leur tronc se
montre rouge par place. Un adulte à circulation active disait ressentir à l'intérieur une sorte de fraîcheur et de ven-
tilation. D'autres accusent encore un surcroît d'appétit, et
souvent un surcroît de bien-être et une énergie musculaire
inaccoutumée. On voit des baigneurs courbaturés par un
exercice immodéré ou le relâchement de l'utérus, ou mal
disposés sous l'influence du froid de la plage et d'un sentiment de lassitude aux jambes, sortir de la mer dans un état
de bien-être qui dure toute la journée. D'autres sont débarrassés de la sensation de fatigue et de malaise, que leur a
donnée l'excitation d'une nuit passée à jouer ou à danser.
Il semble à quelques-uns que leur poitrine se dilate plus
amplement. Ceux qui ont habituellement la circulation
très-active ressentent un peu de céphalalgie sus-frontale,
des vertiges, ou quelques bourdonnemens d'oreilles.

Après s'être habillés, ces individus éprouvent à la
surface cutanée, et quelquefois sur une partie isolée,
comme le thorax, l'un des côtés de la tête, le scrotum, un
sentiment de chaleur agréable, brûlante, ou même cuisante,
tandis que la peau et toutes ces parties donnent à l'ob-

servateur une sensation de fraîcheur. Ces phénomènes de
réaction, quant à leur promptitude et à leur intensité,
sont en raison directe de la moindre durée du bain et aussi
de certaines conditions de la constitution individuelle.
Ainsi, la réaction est prompte et énergique chez les individus sanguins; elle est rapide dans l'enfance, et plus lente
chez les lymphatiques et les chlorotiques; elle est ordinairement longue à s'établir chez les nerveux, et quelquefois
nulle chez les femmes éprouvées par des chagrins profonds. En outre, chez tous les individus, il y a telle cause
passagère qui peut entraver accidentellement la venue des
phénomènes réactifs. Un enfant qu'on avait laissé jouer les
pieds nus sur le sable du rivage, sortit de la mer bleu et
grelottant, contre son habitude de tous les jours.

Il est des baigneurs qui ont absolument besoin de marcher pour se réchauffer; d'autres conservent quelque
temps l'une des mains dans un état d'exsanguinité particulier, qu'on ne peut comparer qu'au premier degré de la
congélation d'une partie du corps : j'ai constaté dans ce
cas une différence notable dans le calibre de l'artère ra-
diale de ce côté. Parmi les enfans, ceux qui sont trop jeunes
ou trop infirmes pour marcher, ne s'en réchauffent pas
moins de suite; mais ils se refroidissent après, et conservent long-temps les extrémités froides.

5° Quelques-uns sont saisis par un sentiment de froid
très-vif qui leur arrache des cris. Ils présentent bientôt
une coloration violacée de quelque partie du visage, et
une altération profonde des traits. Tantôt le frisson disparaît pour revenir au bout de trois ou quatre minutes, tantôt le baigneur reste dans l'immobilité en proie au malaise
et aux angoisses de ce frisson pendant tout le temps de son

séjour dans l'eau ; il en sort en grelottant, en horripilant de tout le corps, et en claquant des dents, et il n'est pas rare qu'il conserve un sentiment de froid général et une teinte violacée des lèvres, après avoir été frotté et même frictionné avec un liquide spiritueux, après s'être vêtu et avoir marché. Les individus éminemment nerveux, les paraplégiques, ceux qui sont au moment d'une croissance rapide, ceux qui touchent à la vieillesse et ceux qui viennent à la mer, en sortant de faire une saison aux Eaux thermales, composent cette catégorie. L'idée de se baigner à la mer ne cesse de leur causer une invincible répugnance. Je dirai à ce sujet que c'est souvent un moyen de tâter la susceptibilité individuelle des baigneurs, que d'étudier l'impression qu'ils reçoivent de la vue de la mer et du contact de l'air qui règne sur ses bords.

4° Quelques exemples rares, il est vrai, m'ont prouvé qu'un certain nombre d'individus, en vertu d'une idiosyncrasie particulière, ne peuvent supporter les bains de mer. Les bilieux se trouvent mal quelquefois des bains de mer : il y a dans leur peau peu de fonctionnalité, peu de vitalité pour réagir contre les divers modes d'action de l'eau salée. Deux personnes d'un âge mur, après quelques bains, furent jetées dans un état nerveux grave, avec douleurs de tête atroces, nausées, douleurs d'entrailles, suppression d'un état diaphorétique habituel. Une dame plus jeune, bien constituée et assez bien portante, fut pendant trois jours de suite retirée du bain dans un état complet de syncope ; elle fut en proie les jours suivans à une agitation nerveuse caractérisée par des douleurs générales, par des crampes aux poignets et par de l'insomnie, et accompagnée d'un gonflement particulier des veines sous-cutanées des extrémités. Un adulte assez replet, non sanguin pourtant, avait eu une syncope dix-huit ans auparavant, pour avoir pris un bain de rivière ; il voulut tenter de nouveau l'expérience sur la plage de Dieppe. Il entra graduellement dans la mer ; on remarqua qu'il se trouva fortement congestionné du visage, une fois qu'il y fut. Il resta dix minutes à nager. A peine sorti de l'eau, il tomba sans connaissance, avec la figure pâle, les lèvres violacées, sans pouls ni pulsations du cœur. Les frictions spiritueuses faisaient rougir la peau des membres et de l'abdomen, à la manière des vibices ; mais celle du thorax restait insensible à leur action, et se montrait jaunâtre, inanimée. Ce ne fut qu'après trois quarts d'heure qu'il revint à lui peu à peu, excité par les boissons cordiales et les moyens extérieurs les plus variés.

5° Enfin, les enfans très-jeunes crient à leur début, se débattent violemment, mais finissent très-vite par s'y habituer, et même par s'en faire un jeu. Pourtant il en est quelques-uns qui ne se soumettent jamais de bonne grâce, chez qui la contrainte répétée chaque jour pourrait amener de graves inconvéniens. Dans ce cas, malgré l'utilité que promettent les bains de mer à leur état de santé, il vaut mieux s'en abstenir.

Dans tous ces cas, le bain, à température égale, paraît plus froid, son impression instantanée est plus vive chez les baigneurs, dans les temps où la mer est calme que dans ceux où elle est agitée par des vagues : ainsi une mer très-forte, encore qu'elle se rencontre avec un refroidissement de l'atmosphère, fait paraître l'eau très-chaude et amène une réaction des plus complètes à celui qui se baigne brièvement. Ce phénomène tient à la fois à la percussion du flot et à ce que l'atmosphère a pu se refroidir tout à coup, sans que la température de la mer se soit mise en équilibre avec la sienne. De plus, les phénomènes de l'impression première du bain tiennent quelquefois chez le baigneur à un état présent de sa santé, qui pourra cesser le jour suivant et ne plus entraîner la totalité ou une partie de ces phénomènes. L'habitude du bain fait le plus souvent que ceux-ci ne se montrent plus, ou s'amoindrissent dans une notable proportion. Enfin la natation a pour effet de retarder l'invasion du frisson secondaire et d'abréger la durée du frisson primitif.

On voit que le bain de mer, étudié sous le rapport de l'impression qu'il fait éprouver au corps comme moyen réfrigérant, offre, selon les cas, une foule de conditions dont il est nécessaire de tenir compte dans l'application de cet agent hygiénique et thérapeutique.

B. *Effets consécutifs.* — Ces effets médiats se font sentir deux heures après les bains de mer, et même plus tard dans le courant de la journée. Ils touchent aux effets physiologiques précédens; car ils n'en sont que la conséquence, et aux effets hygiéniques et thérapeutiques, dont ils sont, pour ainsi dire, les prodrômes. Ces phénomènes consécutifs sont très-variés quant à leur nature et à leur intensité.

1° Pendant les premiers jours, le plus grand nombre des baigneurs éprouvent, après chaque bain, un certain degré de lassitude générale, d'accablement, de paresse à marcher, et d'engourdissement ou de somnolence au milieu du jour, et surtout après le repas; pendant la nuit, leur sommeil est plus profond que de coutume. Ces phénomènes disparaissent le plus souvent après quelques bains, et même sont remplacés par des effets opposés au physique et au moral.

2° Chez d'autres, cette lassitude est portée à un plus haut degré; elle s'accompagne d'une sensation de brisement des membres, d'un accablement général qui les oblige parfois à se coucher, d'étouffemens qui se renouvellent de temps en temps, d'un sentiment d'oppression sternale durant une partie de la journée, d'autres fois de battemens ou élancemens, et même d'une sensation contusive à la région précordiale. Les souffrances habituelles, celles des seins, de l'estomac, de l'utérus, dés dents, et du conduit auriculaire en particulier, s'exaspèrent. Dans le cas d'une odontalgie, il n'est pas rare qu'il s'y joigne un *molimen* fluxionnaire des points correspondans de la gencive et des ganglions sous-maxillaires. Les traits du visage expriment la fatigue; les yeux se cernent. Une céphalée circonscrite ou des étourdissemens nerveux se développent quelquefois, ainsi que certains phénomènes du mouvement ascensionnel du sang vers la tête. Les individus ont les paupières légèrement injectées; ou bien s'ils lisent ou écrivent, ils voient des étincelles voltiger devant eux; d'autrefois il s'établit un *molimem* hémorroïdal chez ceux qui y sont sujets. Le sommeil de la nuit est agité et entrecoupé de réveils, de crampes, de rêves érotiques, ou d'une irritation de la vessie qui peut aller jusqu'à la fréquence de l'urine et à la douleur du col vésical à la fin de l'excrétion. Il y a des démangeaisons, des chaleurs erratiques et diversement localisées, des sueurs partielles et générales. Le plus souvent, ces effets consécutifs dés bains cessent peu à peu, à mesure qu'on les continue, ou bien ils s'affaiblissent en diminuant la durée du bain;

mais chez quelques-uns, ils persistent jusqu'à un certain point pendant toute la saison.

La différence est grande entre les enfans et les adultes, sous le rapport de la facilité à se congestionner par suite du bain de mer et sous le rapport de l'innocuité des congestions, quand elles existent. Les enfans rougissent, mais sans chaleur, ni douleur, ni étincelles devant les yeux; les adultes, au contraire, n'éprouvent pas le phénomène de la congestion, sans en ressentir toutes les conséquences. L'influence des bains de mer sur les congestions de la tête est très-variée dans ses effets : j'ai observé ce phénomène avec serrement spasmodique de la gorge. Dans une congestion céphalique persistant chez les hémiplégiques, j'ai été conduit à pratiquer rationnellement une saignée.

Ces phénomènes physiologiques peuvent s'observer à la suite des bains pris pendant un temps rationnel, et avec les conditions les plus favorables de la mer; mais ils se montrent plus souvent et bien plus prononcés, si la mer est agitée, et surtout si le bain a été trop prolongé. Dans ces derniers cas, il se joint à la congestion céphalique, des maux de tête, des crampes et de la pesanteur gastriques, des douleurs vertébrales et utérines. Les personnes nerveuses deviennent plus irritables, les rhumatisans et les personnes affaiblies par de longues maladies, par celles surtout qui proviennent d'anciennes et graves affections de l'estomac, voient leurs souffrances passées se renonveler, leurs souffrances actuelles s'exaspérer, et leurs fonctions troublées se déranger davantage. De jeunes personnes assez débiles ont eu, en sortant d'un bain de dix minutes par une mer forte, des vomissemens avec douleur épigastrique et réaction fébrile prononcée.

Conjointement à tous ces phénomènes, il en est deux autres que j'ai constatés plusieurs fois, et dont je n'ai pu trouver l'explication rationnelle. 1° Chez les baigneurs, les cheveux se montrent rudes et secs, ou ils se conservent mouillés toute la journée, comme s'ils absorbaient l'humidité de l'atmosphère. J'ai remarqué que ce dernier état nuisait singulièrement au traitement des personnes affectées de céphalalgie. 2° Quelques-uns éprouvent une onctuosité habituelle à la surface de la peau, qu'ils comparent à celle des poissons nouvellement tirés de l'eau; d'autres ont habituellement la peau sèche.

Les bains de mer entraînent encore des effets d'une autre nature; ce sont des états pathologiques analogues aux maladies qui ont leur place dans les cadres nosologiques.

En effet, il n'est pas rare que le bain de mer amène, pendant un ou plusieurs jours, une douleur dans l'une des expansions nerveuses de la face, ou une douleur articulaire, là même où aucun antécédent ne pouvait faire croire à l'existence du *rhumatisme.* Une Dame qui avait commis la faute de venir aux bains de mer, en quittant les Eaux de Néris, eut des élancemens dans la mâchoire supérieure, puis un *tic* névralgique aux paupières, à la tempe du côté gauche et à la moitié correspondante du front, qui céda à des lotions cyanurées. Il survint à un jeune homme une douleur mastoïdo-maxillaire, qui empêchait le libre écartement des mâchoires, et qui persista quelques jours. Pendant l'année 1834, plus rarement pendant l'année suivante, il a été très commun d'observer, chez les enfans, des otites externes, des coryzas, des angines, et même des bronchites avec mouvement fébrile. Ces accidens sont ordinairement légers, à la condition qu'on observe quelques règles de prudence. A Dieppe, on a l'habitude, selon les cas, ou de faire suspendre le bain froid, ou de convertir celui-ci en un bain chauffé à 25° ou au-dessous.

Je n'ai vu qu'une seule personne adulte tousser après l'issue des trois ou quatre premiers bains. A une époque plus avancée de la saison, trois autres baigneurs furent pris, l'un de coryza et d'angine gutturale, les deux autres d'amygdalite violente et d'une légère laryngite. Trois s'abstinrent des bains, et l'autre les continua avec impunité. Pourtant, la règle à suivre consiste à faire suspendre, jusqu'à ce que le coryza ou la bronchite soit arrivée à cette période de maturité, où les signes d'irritation ont disparu, et où il y a sécrétion muqueuse. A cette époque, les bains enlèvent presque toujours les derniers vestiges du mal. Chez quelques femmes jeunes et faibles, un certain degré d'angine peut mener au parti prudent d'une suspension absolue.

Chez quelques enfans, tantôt un enchifrénement habituel, tantôt une coqueluche récente, ont paru rendre raison de leur susceptibilité à l'action du froid; chez quelques autres, rien dans l'état passé ou actuel de la santé n'a paru favoriser ces accidens. Pourtant, je dois dire qu'il a régné en juillet (1834), sur la population indigène de Dieppe, une constitution épidémique qui a amené une foule d'affections bronchiques, d'ophtalmies légères, de coryzas et d'otites externes.

D'après l'observation des faits, je suis obligé d'admettre qu'il y a entre les deux années précédentes, de notables différences, sous le rapport de la fréquence de la diarrhée et de la toux, qui s'est présentée parmi les baigneurs. Ainsi, en 1834, il était plus commun de rencontrer parmi eux la constipation que pendant l'année suivante, où rien n'a été si ordinaire qu'un certain degré de diarrhée. De même la toux a été plus rare la première fois que la seconde. Cela tient, selon toute probabilité, à ce qu'en 1835 la température de la mer s'est abaissée davantage, et que celle de l'atmosphère a été généralement plus froide.

La stimulation de la surface cutanée, ou mieux les phénomènes de réaction dont la peau est le siége, à la suite des bains de mer chauds et froids, donne lieu souvent encore à un certain degré de phlogose des exutoires, et au tarissement de leur suppuration.

Les mêmes causes entraînent, en outre, plusieurs espèces d'éruptions anomales, et des exanthêmes qui imitent plus ou moins les caractères de quelques exanthêmes naturels. Ces éruptions sont accompagnées quelquefois de malaise et de frissons dans la journée, d'une agitation générale et d'insomnie pendant la nuit, de céphalalgie, de sueurs, de démangeaisons, de picotemens incommodes, de cuisson, de chaleur cutanée, avec mouvement fébrile et vomissemens. Elles apparaissent ordinairement pendant les cinq ou six premiers bains de mer (encore que l'une d'elles ait été vue une fois après le vingt-septième bain), et affectent de préférence les enfans, les jeunes gens et les adultes sanguins. Je ne les ai jamais observées chez les femmes. Se développant de préférence autour du cou, sur les membres supérieurs, sur les parties antérieures et latérales du tronc, et plus rarement sur l'abdomen que sur le thorax, où elles donnent lieu à une sensation de bridement qui n'est qu'incommode, elles consistent tantôt en plaques rouges rubéoliformes, avec quelques élévations vé-

siculeuses, ou en de simples macules semblables à une pi-
qûre de puce; tantôt en une rougeur scarlatineuse uniforme,
dont la teinte rouge disparaît sous le doigt, décroît du
centre à la circonférence, quelquefois se termine brusquement en bas, et se montre parsemée de petites élévations
vésiculaires à leur sommet. La peau peut être inégalement
rugueuse dans cette étendue. Chez la même personne, j'ai
vu la scarlatine et une éruption eczémateuse au pli du bras.
D'autrefois, les éruptions consistent en larges plaques,
d'une rougeur uniforme, à bords anguleux, peu élevés au-
dessus du niveau de la peau, ou en une sorte de prurigo.
Un enfant eut derrière les lombes une éruption de vésicules blanches, suppuratives, de la grosseur d'un grain
de millet, dont la base était entourée d'une auréole rouge
qui se réunissait avec celles des vésicules voisines. De pareils boutons miliaires existaient sur le front, sans offrir
aucune trace de suppuration; une autre éruption analogue
s'était établie sur la poitrine et l'abdomen, et ressemblait
à ces papules que font naître sur certaines peaux, un em-
plâtre de poix, ou le séjour prolongé d'un cataplasme émollient.

Deux enfans eurent aussi sur la joue et le bras gauches
de pareilles vésicules, et sur le poignet et la jambe du même
côté, ainsi que sur l'abdomen, des plaques d'*urticaria,* accompagnées d'un prurit très vif. J'ai vu une urticaire aussi
bien caractérisée que l'urticaire spontanée, précéder d'un
jour l'apparition de plaques roséoliques. Sur les parties latérale du visage, et aux limites du cuir chevelu, il survint
une multitude de plaques herpétoïdes furfuracées, qui se
desséchèrent et se desquammèrent avant de disparaître.

Un adulte, après un petit nombre de bains, eut une

éruption de véritables pustules suppurantes, semblables,
aux grains les plus petits de la varicelle. Une petite fille
de quatre ans me montra successivement, durant le cours
d'une saison complète, un bouton d'apparence furoncu-
laire, et une foule de pareils boutons varicelloïdes plats et
remplis d'un liquide roussâtre, sur le visage, le ventre et
le dos. Chez le frère de cette enfant, un liquide pareil em-
plissait des vésicules pemphygoïdes, siégeant en avant et
en arrière du tronc. Ces vésicules furent remplacées, trois
jours après, par des boutons ou *vibices*, élevées et alon-
gées dans le sens transversal du corps, et répandues sur
le front, les tempes et autour de la racine des cheveux.
Une autre fois, ce fut, chez un jeune homme, une éruption pustuleuse, qui s'établit à la face dorsale des mains
et des doigts, et qui causa quelques démangeaisons pendant plusieurs jours.

On voit survenir quelques *favus* aux enfans scrophuleux. Un guide baigneur avait la gale, le contact inces-
sant de l'eau de mer l'avait modifiée sans la guérir. Les
boutons étaient excoriés et entourés d'un cercle rouge
sans élevure aucune; la démangeaison qu'ils causaient
était extrême.

Quelques-unes des personnes qui fréquentent les bains
de mer voient une partie de leur visage, tantôt le front,
tantôt les joues, se couvrir de taches, sortes d'éphélides
qui ressemblent au *masque* des femmes enceintes. Elles
paraissent être un effet de l'évaporation de l'eau de mer
par les rayons solaires; mais on ne saurait dire à quelle
modification tient ce *pigmentum* de la peau. L'expérience
prouve qu'elles disparaissent avec la plus grande facilité
après la saison.

Parmi les personnes qui présentèrent quelques-unes de ces éruptions, plusieurs avaient pris, les années précédentes, des bains de mer dont l'influence avait été la même sur leur peau. Dans les premiers temps de la saison, quelques-unes voyaient toujours se renouveler cette éruption chaque fois qu'elles se baignaient, jusqu'à ce qu'elle s'éteignît graduellement d'elle-même.

Cette super-action de la peau accélère encore la marche des éruptions familières aux baigneurs. Un petit garçon avait de temps en temps, sur différentes parties du tronc, des boutons discrets qui duraient trois ou quatre jours; sous l'influence des bains de mer, ils parcouraient leurs phases ordinaires en deux jours. Des baigneuses, affectées de *gutta rosea*, ont vu avec désespoir les couleurs de leur éruption s'aviver pour un certain temps.

La mesure d'après laquelle on doit régler l'emploi des bains dans ces circonstances, c'est l'état des nuits. S'il y a insomnie, on doit suspendre le bain, et conseiller un bain d'eau simple frais et quelques boissons délayantes, sinon, il est sans inconvénient de continuer; car l'éruption s'éteint d'elle-même. Le *summum* de son intensité dure l'espace de deux ou trois jours, après lesquels elle décline insensiblement.

Ces phénomènes cutanés se sont continués dans quelques cas, bien au-delà de l'usage des bains de mer. On a vu une série de furoules s'établir, durer encore plusieurs mois après, et concourir à faire disparaître complétement, chez un baigneur, des spasmes gastriques habituels; et, chez un autre, à améliorer l'état de la vue.

D'autrefois, cette action des bains de mer sur l'orga-

nisme est moins locale; elle se traduit en un accès pyrétique
éphémère, avec céphalalgie, rougeur faciale, chaleur et
moiteur cutanées. Ce phénomène est particulier aux jeunes
filles nouvellement nubiles, ou qui ne le sont point encore, aux femmes et aux enfans à système vasculaire
fleuri. Ces réactions fébriles sont une hypérémie générale
poussée au-delà du rhytme de celle que les bains de mer
tendent à engendrer, une excitation générale ajoutée à
celle que ces moyens produisent. Une course au soleil, un
bain trop long suffisent à décider cette fièvre légère.

C'est ici le lieu de constater un dernier fait assez remarquable. Ce n'est pas sans quelque étonnement qu'on voit
des personnes, fortement constituées, et actuellement
bien portantes, qui, après avoir pris quelques bains en
partie de plaisir, ressentent des effets consécutifs, tels que
céphalalgie, nausées, crampes de l'estomac ou de l'utérus,
retard inaccoutumé de l'époque menstruelle, et cela avec
assez d'intensité pour qu'elles soient forcées de renoncer
absolument au plaisir du bain de mer. Ne semblerait-il pas
que ces effets exagérés des bains de mer devraient épar-
gner de tels individus, quand le plus grand nombre des
corps souffrans y échappent, ou du moins les présentent
à un degré bien moindre d'intensité?

En observant de pareils faits, il est naturel de chercher
à s'en rendre compte. Les bains de mer sont de puissans
modificateurs de l'organisme, lesquels deviennent salutaires, si la maladie a créé certaines convenances chez les
individus auxquels on l'applique, ou nuisibles, si cette espèce d'aptitude n'est pas offerte à leur action. Ces différences ne sont pas rares, ce me semble, dans d'autres actions thérapeutiques. Si celles-ci étaient bien étudiées et

bien connues, on arriverait peut-être à établir en thérapeutique une loi en vertu de laquelle les maladies engen-
dreraient, chez les individus, une spécialité organique,
qui rendrait tel agent thérapeutique salutaire, ou au
moins tolérable pour eux, et contraire à ceux qui présen-
teraient les conditions normales de la santé. Hippocrate
avertit que les remèdes ne peuvent que nuire à ceux dont
la santé n'est pas altérée. Cette loi n'est-elle pas la même
que celle de la tolérance aux remèdes contro-stimulans ?

Quoi qu'il en soit de cette explication, chacun a pu observer les mêmes faits dans les établissemens thermaux,
où rien n'est plus commun que de trouver des individus
sains, boire et se baigner avec dommage pour leur santé, à
côté de gens débilités par les progrès de la maladie, et qui,
par cela même, supportent les pratiques spéciales des
Eaux minérales avec impunité et bénéfice.

# DEUXIÈME PARTIE.

Effets hygiéniques et thérapeutiques des bains de mer.

Après avoir décrit les différens modes d'administration de l'eau de mer, les règles qui doivent présider à leur application et les modifications physiologiques les plus immédiates, que les bains de mer impriment à quelques parties ou à l'ensemble de l'organisme, j'envisagerai maintenant les bains de mer sous les rapports de l'hygiène et de la thérapeutique. Cette seconde division sera la partie vraiment pratique de ces *recherches*; elle contiendra, en premier lieu, l'histoire des cas pour lesquels les bains de mer ont été mis en usage pendant les étés de 1834 et de 1835; en second lieu, des considérations relatives à leurs effets hygiéniques et thérapeutiques sur chacune des fonctions; enfin un coup d'œil sur leur mode d'action.

Deux cent cinquante observations recueillies avec des détails suffisans, ont fourni les matériaux de cette seconde partie. Ces faits sont classés selon l'âge et le sexe des individus, et selon certaines connexions qu'ils ont présentés entre eux.

## § I<sup>er</sup>.

Maladies de l'Enfance.

Il y aurait un chapitre à faire sur les influences salutaires que reçoivent les enfans de l'habitation des bords de
la mer. Le seul séjour de Dieppe fait fleurir et prospérer
les enfans lymphatiques, pâles et débiles, qui viennent de
Paris. Ces petits êtres, qui languissent, victimes trop souvent des erreurs de l'éducation publique ou privée, subissent bientôt de remarquables changemens. Au bout de
quelques jours à peine, on les voit acquérir un caractère
de vie et de force qu'ils avaient perdu, ou qu'ils n'avaient
jamais eu. Les scrophuleux eux-mêmes, qui arrivent bla-
fards, ne restent pas deux jours à respirer l'air marin,
sans présenter un peu de coloration sur les joues, et de
vivacité sur la physionomie.

Quelques enfans que caractérise un système sanguin périphérique épanoui, peuvent, sous la seule influence de
l'air maritime, éprouver de petites réactions fébriles, lesquelles sont susceptibles de devenir périodiques, et de réclamer l'usage du sel de kinine, s'ils ont eu antécédem-
ment des accès de fièvre intermittente.

Les bords de la mer influent aussi sur les personnes d'un
autre âge. Pendant les premiers jours, on voit déjà chan-
ger les apparences du visage chez les arrivans ; leur estomac et leurs organes musculaires déjà ont plus d'activité.
Quelques-unes perdent de leur sommeil ; d'autres voient
s'enraciner leur toux. Une dame, affaiblie par une affection

gastrique, eut des étourdissemens dès qu'elle fut installée sur les bords de la mer.

Les mers du Nord agissent encore plus activement sur certains organismes. Une dame souffrit, pour la première fois, de douleurs rhumatismales de la tête et des parois thoraciques, pendant un séjour qu'elle fit sur les bords de la Baltique. L'habitation de Paris les lui enleva ; mais trois bains de mer, pris inconsidérément, les lui rendirent à Dieppe.

Quant aux enfans qui viennent à la fois se baigner et respirer l'air marin, je ne crains pas d'avancer que ces deux actions sont si promptes et si énergiques chez eux, sous le rapport hygiénique et thérapeutique, qu'elles peuvent être considérées comme merveilleusement appropriées à leur constitution, à leurs maladies. On concevra déjà ces effets, quand on saura que les qualités de l'air et l'efficacité des bains ont pour auxiliaires les exercices journaliers qu'ils prennent sur la plage. Aussi ne puis-je assez dire aux parens qui amènent leurs enfans à Dieppe : Faites que vos enfans passent leur vie sur les bords de la mer.

C'est chez les enfans surtout que les organes subissent la foule des affections, dont ils ont puisé le germe au berceau même où ils ont reçu la vie, qu'ils soient nés d'une mère trop jeune, mal portante ou morte victime d'une affection pulmonaire. L'organisme ainsi vicié dès son origine, a besoin d'être renouvelé ou complété. L'expérience a déjà suffisamment prouvé que les bains de mer développent le corps des enfans, qu'ils fortifient leurs membres délicats, font fleurir leur santé, et les rendent propres à devenir des hommes utiles ou des mères robustes. Le temps n'est peut-être pas éloigné, où ils seront employés généralement

comme le meilleur moyen d'éducation physique, à cet âge
où ils sont déjà un agent thérapeutique si précieux, que
jusqu'ici je ne connais pas d'exception à leur efficacité absolue dans les scrophules et le rachitisme. Dans ces derniers cas, j'ai cru trouver une explication des effets des bains
dans la stimulation générale qu'ils communiquent à l'organisme des enfans, contrairement à ceux qu'on observe
chez les adultes, où il est commun de voir cette excitation
se concentrer particulièrement sur tel ou tel organe.

1° *Faiblesse locale ou générale.* — Les enfans qui avaient
habituellement les yeux cernés, qui étaient grêles, débiles,
atardés dans leur croissance, ou sujets aux dérangemens
d'entrailles, et que distinguaient une sorte d'ardeur mala-
dive à jouer et une grande précocité d'intelligence; ceux
qui relevaient de maladie et qui étaient restés sans sommeil, sans appétit, anémiques, maigres, tristes et ner-
veusement excités, et ceux qui montraient quelques dispositions spasmodiques; les jeunes sujets qui subissaient
quelques-unes des conséquences graves de l'onanisme,
telles qu'un état de langueur générale et une incontinence
d'urine, ont acquis promptement les apparences et les conditions de la bonne santé sous l'influence des bains de mer:
ils n'ont pas tardé à regagner le sommeil, la nutrition et
cette animation qui est l'attribut de leur âge. Une petite
fille facile à être *dévoyée*, était partie encore maigre et
chétive après la saison de 1834; elle revint cette année
grandie, fraîche et vivace.

OBSERVATION Iʳᵉ. — Un jeune enfant de treize ans, d'une complexion délicate et irritable, retardé dans son développement physique par un *véritable
arrêt*, ayant depuis plusieurs années une éruption d'un caractère évidemment dépuratoire à la jambe gauche, avait déjà séjourné à Dieppe, avec
succès, en 1834. Il y revint l'année suivante : cette fois les bains de mer ra-

vivèrent l'éruption , en enlevant les croûtes qui la recouvraient, en excitant une copieuse suppuration , en rougissant et en tuméfiant douloureusement le derme dénudé. Cette excitation locale se calma peu à peu, et le jeune enfant resta avec le bénéfice de ses bains. Il partit avec le visage vascularisé et arrondi, et avec un appétit qui ne lui était pas habituel.

Observation II.—Un petit garçon, à la suite de convulsions remontant jusqu'aux premiers temps de sa naissance, était resté avec une demi-paralysie des muscles de la région postérieure du tronc, et une rétraction des extenseurs des pieds. Les bains de mer réunis aux douches améliorèrent notablement son état, sous le rapport de la faiblesse des muscles, mais non sous celui de leur rigidité.

2° *Prédispositions cérébrales.*—Des enfans, à divers âges, qui avaient été élevés avec peine, d'une constitution irritable et délicate à la fois , de chaires molles et amaigries , ayant éprouvé dans leur vie quelques graves symptômes cérébraux , sujets à la diarrhée et à d'autres troubles des fonctions intestinales, se sont présentés aux bains de mer. Sous leur influence , on a vu leur teint s'éclaircir et leurs yeux s'animer ; chaque jour leurs *feces* se coloraient davantage , jusqu'à ce qu'enfin elles devinssent naturelles. Si quelquefois les bains exaltaient chez eux la chaleur de la tête ou y développaient quelques sensations insolites , un jour de repos, ou une double affusion suffisait à faire cesser cet inconvénient léger d'ailleurs.

Quelques autres enfans , prédominans par le volume et l'activité du cerveau, chez lesquels il était besoin de développer la masse et la fonction de l'appareil musculaire , et de combattre l'attraction du liquide sanguin vers la tête, conditions qui avaient amené déjà des accidens aigus vers l'appareil encéphalique , ont retiré un fruit réel de l'emploi rationnellement combiné des affusions et des bains de mer.

C'est ici le lieu d'apprécier l'action des bains de mer sur

ces petits corps excitables, doués de trop d'intelligence et disposés aux affections spasmodiques de toute espèce. D'après la manière d'agir des bains de mer, on les croit plutôt propres à augmenter leurs dispositions anormales : ce qui serait contraire à l'observation. Les organisations nerveuses, en même temps qu'elles se fortifient, récupèrent, dans toutes leurs fonctions, cet équilibre qu'elles doivent présenter dans l'état de santé. L'alongement du corps, qui ne se fait guère attendre alors, contribue surtout à neutraliser la prédominance morbide du cerveau qui les caractérise.

3° *Phlegmasies de la muqueuse naso-bronchique.* — On a vu que dans les cas où les bains de mer avaient agi comme cause morbide chez les enfans, en donnant lieu au coryza, à l'angine ou à la bronchite, il était prudent de s'en abstenir jusqu'à l'entière disparition de ces états pathologiques ; mais il en était autrement, quand ces individus apportaient à la mer une de ces phlogoses toutes formées ; ils continuaient les bains impunément. Nombre de coryzas, de rhumes, de fluxions des gencives et des joues, au contraire, se terminaient pendant leur usage plus promptement qu'ils ne l'eussent fait, d'après la durée connue de leurs phases naturelles.

Il y a plus, de jeunes sujets exposés à de fréquentes angines gutturales, revenant avec ou sans la condition des mutations atmosphériques, ont été guéris sans retour jusqu'ici par les bains de mer. D'autres, affectés de gonflement et d'induration des amygdales, par suite d'angines répétées, ont vu ces organes revenir à leur volume normal par une sorte de rétraction. Il en a été de même pour ceux chez qui un enchifrénement chronique paraissait lié à un état général, ou avait entraîné depuis plusieurs années une obtusité de l'ouïe d'un côté. Je n'ai vu qu'une seule de ces phlogoses de la gorge ou nez., appartenant à une petite fille de six ans, délicate et maigre, où les bains de mer aient amené, avec quelques accidens locaux, de petites réactions fébriles et une excitation morale, qui me força de les suspendre complétement. Tous les autres, de maigres et chétifs qu'ils étaient, sont devenus mieux nourris, florissans du visage et modifiés sous le rapport moral. En même temps la muqueuse nasale est rentrée dans son état normal, et la surdité est allée en s'affaiblissant. Une Dame fut également débarrassée d'un coryza habituel, sous l'influence des bains de mer.

Speed a vu aussi guérir les maux de gorge par les bains de mer. (D$^r$ Speed's *Commentary on sea-water.*)

Quant aux toux en particulier, je suis porté à croire que, soit qu'elles existent avant la saison des bains de mer, soit qu'elles aient été acquises sous leur influence, elles diffèrent beaucoup entre elles suivant les années, sous le rapport de leur importance et de leur ténacité. Ainsi, en 1834, où l'été fut constamment chaud, je fus généralement frappé de leur innocuité et de leur facilité à céder; tandis que cette année, où les conditions atmosphériques furent moins favorables, je les trouvai plus tenaces et plus sujettes à retour.

---

L'efficacité des bains de mer s'est surtout montrée dans le rachitisme et les scrophules, ces deux fléaux de l'enfance. La grande majorité des enfans qui ont été envoyés à Dieppe l'année dernière, présentait quelques-uns des symptômes caractéristiques de ces maladies.

4° *Scrophules.* Un grand nombre de scrophuleux de tout âge ont été envoyés à Dieppe dans ces deux années. Leurs maladies très-variées, quant à leur siége et à leur intensité, ont été traitées par les bains de mer, souvent avec un succès complet, et toujours avec un résultat satisfaisant. On avait déjà mis en usage, contre la plupart d'entre elles, les eaux hydro-sulfureuses des Pyrénées prises sur les lieux, l'hivernage de Nice, les bains de mer chauds, les différentes préparations d'iode, et toute la série des médicamens anti-scrophuleux, tels que l'hydrochlorate de baryte, les substances mercurielles, etc. A ce sujet, il m'a semblé que l'époque des maladies scrophuleuses, où l'iode paraît rester sans action, ou plutôt paraît avoir épuisé son action, est surtout favorable à l'application des bains de mer.

Les engorgemens chroniques des glandes cervicales, ceux mêmes qui présentaient actuellement quelques caractères d'acuité, tels que la rougeur, la douleur et une sorte de rénitence, et ceux qui, après s'être abcédés, restaient ulcérés, fistuleux, avec induration reticulaire de la peau, ont été guéris par les bains de mer, ou ont subi une amélioration, qui est devenue plus tard une guérison parfaite. Les engorgemens lymphatiques commençaient à se fondre par la détuméfaction du tissu cellulaire environnant, et se montraient divisés en autant de lobes qu'il y avait de ganglions engorgés. On vit diminuer à vue d'œil ces organes, chez un jeune homme de dix-sept ans, traité vainement jusqu'ici par l'iode et les applications fondantes. C'est dans des cas de ce genre, que R. Russel, après avoir administré le *quercus marina* et l'eau de mer à l'intérieur, confirmait le traitement par l'emploi des bains de mer (Cold Bath).

OBSERVATION III.—Un enfant de six ans, gai, joueur, rosé, atardé dans son accroissement, bien portant, du reste, quant à ses fonctions nutritives, avait un ganglion sous-mental entouré d'un noyau induré et difforme, lequel se présentait à la vue comme un tubercule arrondi, fistuleux à son centre, et laissait échapper par la pression une goutte de liquide purulent, clair comme le pus d'une vaccine légitime. Indépendamment des changemens heureux, que les bains de mer apportèrent à sa constitution, le noyau d'induration diminua de volume, et l'écoulement fistulaire se tarit.

Il en a été de même de l'efficacité des bains de mer dans les caries et les ulcères fistuleux des articulations du pied et de la main. Voici comment était modifié chacun des symptômes principaux de ces caries fistuleuses : le pus qu'elles fournissaient était le plus souvent ténu, clair, jaunâtre ; les premiers bains augmentaient sa quantité et sa densité, remarque qui avait déjà été faite par R. Russel, et que la marche des exutoires des enfans donne à vérifier chaque jour ; plus tard, il diminuait d'abondance, et se réduisait à un suintement imperceptible. En même temps, la sensibilité et l'extrême gonflement des parties, qui rendaient la marche douloureuse, si la maladie siégeait aux os du pied, disparaissaient peu à peu ; les membres recouvraient leur forme naturelle, et de jour en jour les malades pouvaient et devaient marcher davantage. Sur plusieurs des ulcères fistuleux, un ou deux commençaient bientôt à se fermer : c'était le signal de la cicatrisation des autres. C'est à ce degré de guérison que l'association des douches aux bains de mer, a paru accélérer la cure complète.

L'action des bains de mer s'exerce encore dans les caries scrophuleuses, en amenant parfois un peu de rougeur ou de sensibilité aux environs des fistules, en augmentant considérablement leur pyogénie, et en y faisant soudre un peu de sang. Ces légers accidens sont ordinairement de bon augure ; ils se passent d'eux-mêmes , et laissent après eux une amélioration sensible dans les parties.

Dans un cas de carie fistuleuse du pied , où n'avaient point encore été employées les préparations iodées, celles-ci furent associées aux bains de mer avec un grand bénéfice.

OBSERVATION IV.—Un jeune homme de seize ans avait, depuis seize mois, un gonflement des os tarsiens du pied gauche, qui fut méconnu et négligé dès l'origine. A son arrivée à Dieppe, son pied était douloureux, énormément gonflé et ne pouvait être posé à terre. La peau était d'un rouge livide, bleuâtre et percée de fistules. La déformation du pied provenait surtout de la tuméfaction qui se voyait aux orteils, au dos et au talon. Le malade était constamment miné par la fièvre hectique, dont les paroxysmes élevaient le pouls jusqu'à cent quarante pulsations ; il était habituellement brûlant. Sa maigreur était extrême. Il toussait fréquemment, et il avait totalement perdu l'appétit, le sommeil et les forces. Pendant six semaines, il prit deux bains de mer par jour, et passa ses journées couché sur le bord de la mer ; il fut mis à l'usage de la solution d'iode, à des doses progressives, depuis une once jusqu'à six par jour, et ses fistules furent injectées et pansées avec l'iode. Au bout de dix jours de ce traitement, il dormait bien, avait recouvré l'appétit, et son teint avait déjà refleuri. L'inflammation du pied était éteinte et les progrès du mal étaient enrayés. Dès ce moment, les forces reparurent de jour en jour. Au bout de dix-huit jours, le plus grand nombre des fistules était fermé ; il n'en restait que deux à la plante et au bord externe du pied. Celui-ci devenu presque indolent, avait repris quelque forme. Après un mois, le jeune homme était méconnaissable par sa bonne mine et son embonpoint ; ce qui restait de fistules suppurantes étaient des plaies larges, vermeilles et couvertes de bourgeons charnus. Le pied pouvait être mis à terre, et le malade faisait chaque jour de longues courses avec ses béquilles. Après six semaines, le traitement avait mis ce jeune homme en état d'attendre sans danger pour ses jours, la saison prochaine des bains de mer. Tout fait espérer qu'il en obtiendra une guérison complète, surtout si on lui continue l'usage des préparations d'iode.

L'action des bains de mer, chez les scrophuleux, ne s'est pas bornée à guérir ou à améliorer leur maladie considérée dans ses localisations. Il est rare qu'elle n'ait pas en même temps fait disparaître ou amoindri notablement ces carac-

tères locaux et généraux par lesquels se distingue la constitution scrophuleuse de l'enfance. Ces phénomènes distinctifs sont : d'un côté, la blancheur et la mollesse des
chairs, la blafardise du visage, le gonflement des ailes du
nez et de la lèvre supérieure, la répétition des ophtalmies,
la moiteur visqueuse de la face palmaire des mains, le retard de l'accroissement du corps, et d'un autre côté, la
tristesse, l'inégalité et la morosité de l'humeur, la langueur de l'appétit, la fréquence des indigestions, le volume de l'abdomen, la vitesse habituelle du pouls, les
réactions fébriles. Aux progrès de leur taille, à leur visage
arrondi, rosé et brûlé par le soleil des bords de l'Océan,
on ne reconnaît plus ces enfans qui étaient arrivés amaigris
par la suppuration, et atardés par la maladie; c'est là un fait
que j'ai observé plusieurs fois chez des enfans affectés d'un
*morbus coxarum* consolidé, et qui, depuis plusieurs années, restaient chétifs et atardés dans leur accroissement.

De la fréquence des ophtalmies, les enfans scrophuleux
ne conservent plus, après leur guérison par les bains de
mer, qu'une sensibilité extrême de l'œil à l'impression de
la lumière, et l'habitude de rapprocher les paupières pour
en modérer l'action. En continuant encore quelque temps
les bains, on parvient à diminuer de jour en jour cette
phoibophobie.

Les bains de mer ont donc non-seulement guéri la maladie scrophuleuse localisée; mais ils ont encore modifié
avantageusement l'habitude extérieure et les altérations
fonctionnelles qu'elle entraîne après elle. Dans le cas où la
lésion locale n'a point été complètement guérie, du moins
les scrophuleux ont été mis dans les conditions les plus
propres à résister aux détériorations qu'en reçoit leur orga-

nisme, et aussi à éliminer plus tard, en quelque sorte, le principe inconnu de leur maladie. Dans une affection diathésique, comme les scrophules, il n'est pas rare de voir les symptômes les plus graves disparaître sans retour en une seule saison ; mais si l'affection est trop ancienne ou trop profonde, ces symptômes s'améliorent toujours. Dans les deux cas, il est besoin d'une seconde saison, d'un côté, pour consolider la guérison des symptômes locaux, et combattre la disposition diathésique des sujets ; d'un autre côté, pour achever la guérison.

Voici quatre exemples de scrophules traités en deux saisons. Ils suffiront pour établir les proportions d'efficacité, qu'on est en droit d'attendre des bains de mer pris à une année de distance, dans les nombreuses variétés de la maladie scrophuleuse.

OBSERVATION V.— Une petite fille de cinq ans, ayant tous les caractères physiologiques de la constitution scrophuleuse, qui se traduisaient par une redondance cellulaire ( véritable pléthore lymphatique dont le Professeur Alibert a tracé le tableau : formes arrondies des membres, blancheur des tégumens, etc.), vint, en 1834, avec deux fistules au métatarse, une gibbosité dorsale pour laquelle elle portait deux fonticules à cautère, plusieurs taies sur les cornées, et une sensibilité excessive à l'impression de la lumière. On la maintenait couchée à cause de la maladie vertébrale.

Cette enfant marchait, en quittant Dieppe pour la première fois ; la carie du pied était arrêtée, et les yeux restaient constamment ouverts.

A son retour en 1835, sa lèvre supérieure était amincie ; elle faisait constamment de l'exercice. Je la trouvai grandie et fortifiée. La gibbosité était consolidée, et la guérison des os métatarsiens s'était complétée ; mais la diathèse scrophuleuse s'accusait encore par l'une de ses manifestations les plus graves. L'œil gauche avait d'abord rougi à son angle interne, puis était devenu douloureux. Isolée à la campagne, loin de tout secours médical, cette petite ne fut traitée, dans ce cas, que par un collyre de laudanum et de teinture de safran. Elle s'offrit à moi avec un staphylôme du bord interne de la cornée, vers lequel convergeait encore un assez grand nombre des vaisseaux sanguins de la conjonctive. Ce staphylôme se présentait sous la forme d'une élevure bosselée, encore demi-transparente à son pourtour, mais opaque à son sommet, d'où se détachait une sorte de petit globule miliaire. L'œil était peu sensible au jour. Je mis un vésicatoire derrière l'oreille correspondante, et j'instillai deux fois par jour, une goutte de laudanum de Sydenham entre les paupières. Je n'en commençai pas moins l'usage des bains de mer.

Dès le troisième jour, les vaisseaux de la conjonctive disparurent, et le staphylôme s'était aplati par la disparition du petit globule culminant ; mais l'œil droit s'était un peu injecté à son angle externe. L'instillation laudanisée lui fut aussi pratiquée. Le quatrième jour, le staphylôme s'était affaissé dans son pourtour ; le reste de la cornée était limpide. L'œil opposé avait dérougi ; la vue perdait de sa sensibilité. Le cinquième jour, le staphylôme ne formait plus qu'un segment aplati, ajouté au segment de la cornée ; les deux yeux étaient brillans et pellucides.

A dater de ce jour, le ramollissement de la cornée me parut avoir fait place à une cicatrice ; les instillations furent continuées chaque jour, et bientôt on y joignit les insufflations de calomélas et de sucre candi, lesquelles, au bout de vingt jours, furent seules pratiquées.

Les bains furent poussés avec activité, et bientôt à la couleur blafarde succéda sur les joues une teinte rosée. Dès-lors les fonctions nutritives se montrèrent énergiques. Après une saison de plus de deux mois, le staphylôme se réduisait à une taie de la cornée, dont on n'appréciait l'élévation qu'en l'examinant de profil. Cette taie était transparente à son centre, et opaque à sa circonférence. La petite enfant avait beaucoup grandi et engraissé. Elle allait habiter la campagne, et continuer chaque jour les insufflations de l'œil.

OBSERVATION VI. — Un très jeune enfant, affecté d'une carie du rocher, avec fistule de l'oreille externe et de l'apophyse mastoïde et vive inflammation de la peau des environs, s'est ressenti, en 1834, des effets salutaires des bains de mer, autant que pouvait le laisser espérer cette maladie si grave et si profonde. Sa constitution a été, pour ainsi dire, renouvelée ; la suppuration de fétide, de verdâtre et d'abondante qu'elle était, s'est en partie tarie, est devenue blanche, inodore le plus souvent, crémeuse et quelquefois sanguinolente. En 1835, il est revenu grandi, avec des joues rosées ; la suppuration, parfois fétide, avait encore diminué, encore qu'il y eût toujours communication du conduit auditif à l'apophyse mastoïde. Les tégumens qui formaient l'orifice de la fistule mastoïdienne, et le pavillon de l'oreille n'étaient plus rouges ni douloureux. Cette saison porta ses fruits comme la première. Le pus fistulaire fut quelquefois sanguinolent; la fistule se montra béante par le dégonflement total de ses alentours. Ce dernier, qui s'était opéré également dans l'intérieur du conduit auditif, permit de constater la destruction du tympan, et l'on vit chaque jour une portion des injections de l'oreille, tomber dans la gorge par la trompe d'*Eustachi*. Ce jeune enfant partit dans des conditions de santé générale, qui permettent d'espérer un jour la guérison de sa grave affection scrophuleuse.

OBSERVATION VII.—Une carie de la région cervico-dorsale de la colonne vertébrale, avait entraîné à la fois une gibbosité et une paraplégie presque complète Les bains de mer résolurent, en 1834, le problème de la consolidation des vertèbres, et firent rentrer les mouvemens musculaires sous l'empire de la volonté. La petite malade, au bout de deux saisons, put marcher sur un plan uni, et fut débarrassée des douleurs locales qui accompagnaient habituellement le travail morbide de son épine.

Au printemps suivant, les jambes de cette enfant parurent s'affaiblir, mais les craintes que l'on conçut à cet égard, furent dissipées par une amélioration rapide. Elle revint à Dieppe en 1835, plus grande, plus forte, avec meilleure apparence, et s'abstenant de marcher par prudence. Après cette seconde saison, elle marchait et courait impunément.

OBSERVATION VIII.—Un jeune Suisse, affecté de fistules scrophuleuses au pied droit et aux os de l'avant-bras du même côté, avait pris avec un plein succès les bains de Dieppe, à l'âge de douze ans; mais il ne revint pas confirmer sa guérison. Son mal reparut en partie, et fit des progrès successifs dans les années suivantes. Il alla deux années de suite à Schinznach, et chaque fois les eaux lui ouvrirent de nouvelles fistules.

Je le revis à Dieppe, à l'âge de dix-neuf ans; il était chétif, petit de taille, et affaibli à la fois par des épistaxis répétées et par la maladie scrophuleuse. Il ne pouvait guère marcher; car son pied déformé portait six fistules suppurantes; il en existait sept à huit au poignet.

Au bout de quatre bains, la suppuration des fistules avait déjà diminué, la mine et l'appétit étaient meilleurs. A dater de ce moment, les épistaxis journalières furent supprimées.

Après trois saisons (soixante-quinze bains), le pied et le poignet n'avaient plus que la moitié de leurs fistules. Celles qui restaient étaient à peine suppurantes. Le pied, en particulier, avait surtout diminué de volume, et pouvait supporter de grandes courses sans fatigue : l'appui d'une canne était à peine nécessaire. Le jeune homme avait engraissé et grandi; son visage exprimait la vie; son sommeil était seulement un peu agité. Toutes les fonctions nutritives étaient améliorées.

Hors des conditions de l'enfance et de la jeunesse, le traitement des scrophuleux par les bains de mer, n'a pas été moins heureux. Une dame, jeune mère, éminemment lymphatique, venait de guérir d'une luxation spontanée du fémur; elle conservait toujours une douleur de la hanche et une grande faiblesse à marcher. Par les bains de mer qu'elle prit avec une grande hardiesse, elle recouvra les forces du membre, et mit surtout ces forces à l'épreuve, en faisant journalièrement les courses les plus grandes que permettent les environs de Dieppe.

J'ai eu lieu d'observer une seconde fois les effets des bains de mer dans les scrophules invétérés des adultes. Depuis dix ans, les os du nez et deux côtes sternales droites avaient été cariés chez une personne de quarante ans. Les premiers étaient consolidés avec déformation; les secondes avaient donné lieu à deux fistules suppurantes. Il existait un abcès par carie du tarse droit, avec gonflement de la totalité du pied. Quand on l'ouvrit, il s'en échappa un pus épais et caséeux; le corps était réduit à une émaciation très grande; le teint était cachectique. L'iode avait été employé sans succès. Les bains de mer avaient déjà eu une heureuse influence sur la santé générale; et cette fois (1835), ils l'améliorèrent non moins sensiblement.

Depuis long-temps, on a remarqué que l'usage abusif ou prolongé des préparations mercurielles, produisait, chez quelques individus, l'œdème cellulaire du visage et des jambes, la blafardise du teint, enfin une espèce d'étiole-

ment général. On disait anciennement que le mercure avait,
dans ces cas, déterminé un véritable état scrophuleux. Hun-
ter partageait cette opinion, et il la fondait principalement
sur ce que ces accidens cédaient à l'usage des bains de
mer. J'ai vu plusieurs cas semblables, guérir après une ou
deux saisons passées à Dieppe.

5° *Rachitisme.* — Le rachitisme se décélait, chez les
enfans, par le retard dans l'accroissement du corps, par
la saillie marquée des extrémités des os longs, par l'incurvation des tibias, par la laxité des ligamens articulaires,
et par l'incertitude et la faiblesse du mouvement pendant
la marche : circonstances qui avait fait soumettre leurs
membres à des machines orthopédiques. Une fois le rachitisme avait donné lieu *au pied plat*, au déjettement
en dedans de la malléole interne, à des douleurs au coude-
pied et au genou correspondant, lesquelles entraînaient
parfois une certaine claudication.

D'autres enfans étaient rachitiques jusqu'au ramollissement des os longs et aux déviations de la colonne vertébrale. Ces dernières altérations se bornaient à une
incurvation légère du rachis, laquelle établissait une inégalité entre les deux épaules : plusieurs appartenaient à
de petites filles qui avaient maigri et grandi à la fois, et chez
lesquelles on s'était aperçu un jour d'une inflexion latérale de la ligne rachidienne.

La plupart de ces enfans avaient en même temps, à des
degrés divers, l'habitude extérieure décolorée, les actes
digestifs altérés, et le sommeil souvent troublé par de petites réactions fébriles, accompagnées de moiteur. L'influence heureuse des bains de mer se faisait d'abord sen-

lir sur l'état général des fonctions; puis, après cette impulsion donnée, la maladie principale subissait d'évidentes modifications. Le corps grandissait, et la saillie et le relâchement des articulations tendaient à disparaître. Les enfans marchaient sans boiter, et restaient affranchis dès-lors des machines toujours si gênantes. Quant au ramollissement des os et aux déformations vertébrales en particulier, ils étaient arrêtés dans leurs progrès; les enfans qui en étaient affectés et qui étaient condamnés à passer leur vie sur un plan horizontal, pouvaient, après le nombre de bains qui composent une saison, se lever, marcher d'abord avec mesure, et se livrer en partie à l'exercice si nécessaire à leur éducation physique.

Quant aux petites filles, chez lesquelles la courbure spinale semblait tenir spécialement à une certaine faiblesse des ligamens et à une laxité des cartilages intervertébraux, les bains et les douches ont toujours suffi à ramener le tronc à sa rectitude normale. Une fois, le mal se renouvela, et une seconde saison remit la jeune enfant en possession des mêmes résultats, accompagnés en même temps des modifications les plus heureuses de la santé générale.

C'est ainsi que les bains de mer ont amené, chez les rachitiques, des conditions favorables à l'application de la gymnastique et de l'orthopédie. La gymnastique est certainement un puissant moyen d'éducation physique, appelé à confirmer les effets des bains de mer. L'orthopédie devra désormais à ces derniers, des sujets propres à supporter ses traitemens, et par suite à proclamer son efficacité.

Les bains de mer, en même temps qu'ils modifiaient si

heureusement les conditions organiques de l'enfance, amenaient des changemens non moins importans dans son état
moral. Quelque but qu'on voulût atteindre en les envoyant
à Dieppe, quelque loin ou quelque près qu'on fût de ce
but, les enfans, dans le cours de leur saison, se montraient pétulans, gais, expansifs, importuns même de
calmes, de taciturnes, de trop circonspects qu'ils étaient
auparavant. Quelques-uns devenaient irrascibles, indis-
ciplinables, et pleuraient à la moindre cause. Une petite
fille de treize ans, fort retardée dans son développement
physique, avait la conscience du changement que les bains
de mer avaient apporté à son humeur. Elle se sentait, malgré elle, poussée à l'impatience et à la taquinerie. Cette
modification de l'état moral n'était point étrangère non
plus aux personnes adultes. On a vu les bains de mer
froids, et même les bains chauffés à une certaine température, exciter, chez les femmes faibles et impressionnables, comme chez les enfans nerveux, une humeur irritable, plus de facilité à l'impatience, etc.

Cette excitation morale qui s'observait plus fréquemment chez les enfans nerveux, était rarement portée à ce
point, qu'on fût obligé de suspendre momentanément les
bains ; quelquefois pourtant cette suspension a été une mesure de prudence, ou une satisfaction donnée à la solli-
citude des parens.

## § II.

### Maladies de la Jeunesse.

*Chez les jeunes filles.* — Les conditions organiques et
les maladies de l'enfance se retrouvent chez les jeunes

filles non encore pubères, ou qui viennent de l'être. Aussi est-on assuré de les voir affluer chaque année aux bains de mer de Dieppe.

Un certain nombre d'entre elles, après avoir subi un traitement orthopédique, vient demander aux bains de mer la confirmation de ses résultats. En effet, les moyens mécaniques, en remédiant aux déviations de la colonne vertébrale, laissent persister souvent la cause interne qui les a produites, et qu'il est si commun de voir se remettre en action. Les bains combattent et détruisent cette cause en amenant les phénomènes de la puberté, quand ils n'existent pas encore, en fortifiant le corps, et en lui imprimant son accroissement sans l'affaiblir; car ces individus offrent tous cette circonstance qu'ils ont grandi rapidement, et qu'ils sont d'une taille élancée et d'un visage pâle. C'est ainsi, je le répète, que Dieppe consolide les succès obtenus par les méthodes orthopédiques.

Il y a plus, l'orthopédie peut être combinée dans quelques-unes de ses pratiques avec les bains de mer. J'ai vu de jeunes personnes continuer avec fruit leur traitement, en partageant leur journée entre le décubitus, sur un lit approprié, et l'exercice de la gymnastique. Chez ces sujets, la natation doit surtout être recommandée. Je me suis appliqué, avec un soin continu, à favoriser chez eux cette sorte de gymnastique, dont l'usage est pernicieux, je dois le dire, s'il devient l'occasion d'une trop longue prolongation du bain. C'est dans ces cas où l'on constate chaque jour les effets débilitans de ce genre d'abus.

Il est à peine besoin de faire observer que ce traitement, combiné par la gymnastique et les bains de mer, réclame corrélativement un régime alimentaire de nature fortifiante.

De jeunes personnes sont envoyées à Dieppe dans des états variés de faiblesse générale, ou de dérangemens menstruels. Dans le premier cas, quelques-unes ne présentant qu'une tendance continuelle au refroidissement des pieds, circonstance qui indique toujours une concentration vicieuse des actions vitales, se sont bien trouvées des bains de mer. D'autres, faibles, délicates, qui venaient d'être menstruées, ont été efficacement fortifiées par ces bains.

Parmi les dérangemens de la menstruation, la chlorose tient le premier rang par sa fréquence. On conçoit d'avance le bénéfice qu'on doit espérer, dans le traitement de cette maladie, d'un moyen qui a pour effet de faire dominer la partie rouge du sang, d'imprimer une certaine activité à la circulation périphérique, et de provoquer, de régulariser ou d'augmenter la menstruation.

Les jeunes filles chlorotiques qui se sont baignées à la mer, ou n'avaient pas encore été menstruées, ou ne l'avaient été qu'une seule fois, et une cause accidentelle avait supprimé l'époque qui n'avait plus reparu depuis, ou l'étaient irrégulièrement et incomplètement, ou enfin ne perdaient qu'un sang trop pâle. Elles avaient épuisé les ferrugineux et les toniques sous toutes les formes. Chez la plupart, le cœur était le seul organe qui fût doué d'un surcroît d'activité : ce qui joint à la faiblesse et au malaise général, à un certain degré de serrement précordial et d'étouffement, nuisait plus ou moins à la faculté d'exercice qui leur était recommandée. Quelques-unes seulement étaient sujettes à des instans d'abattement profond, à la céphalalgie, à la gastralgie avec appétits bizarres, et à la leucorrhée. Chez toutes, il existait cette pâleur caractéristique du visage, la décoloration de la langue, des gencives et des lèvres, le ternissement de l'émail des dents, et un état de mélancolie, que j'ai vu une fois augmenté par une cause morale. Les fonctions, l'appétit en particulier, présentaient cet état de langueur qui caractérise cette maladie; la peau surtout, privée de vie, restait accessible au dernier point à l'air qui règne sur les bords de la mer. C'est là sans doute d'où venait le sentiment de terreur qui prenait les chlorotiques, à l'idée de recevoir un bain froid. En effet, la première impression de ce bain était saisissante pour elles, et s'accompagnait d'une insupportable suffocation. Au second bain, ces sensations perdaient de leur intensité; aux bains suivans, elles avaient à peu près disparu.

Après trente ou quarante bains, toutes les chlorotiques sont parties avec le visage épanoui de santé et de gaîté. Elles dormaient bien; elles avaient acquis de l'appétit; elles avaient engraissé et étaient devenues capables de marcher et de monter les degrés d'un escalier sans être essoufflées. Leur circulation avait perdu une grande partie de sa fréquence; toute leucorrhée avait cessé. Les bains les avaient mises, dans des conditions diamétralement opposées à celles qui accompagnent les phénomènes de la chlorose. En un mot, elles étaient sanguifiées, elles avaient atteint ce degré de vie et de force qui était nécessaire, pour que chez elles la menstruation s'établît, se complétât ou s'hématosât.

Après ces résultats, il est prudent de ne pas se relâcher chez les chlorotiques, sur l'usage des martiaux et des boissons gazeuses acidules. Une de nos jeunes chlorotiques commit cette faute. Elle avait été réglée pour la première fois, pendant l'hiver qui suivit les bains de mer; mais au printemps, elle ne vit plus ses règles, et fut ressaisie par tous les symptômes de la chlorose. A son second voyage de Dieppe, elle avait grandi ; mais elle était menue et délicate. Elle recouvra tout d'abord l'appétit ; puis son teint s'améliora, son pouls se ralentit, ses forces revinrent ; elle partit avec ce résultat.

Il est une autre espèce de chlorose, qui s'observe chez de jeunes personnes nerveuses, précoces d'intelligence, mais retardées dans leur développement par une grave maladie, depuis laquelle elles ne sont pas remises entièrement. Elles sont restées mélancoliques, maigres et cachectiquement pâles. Elles ont les pupilles très dilatées, et l'appétit languissant, la diarrhée facile ; mais le ventre habituellement serré pourtant. Les bains de mer, pourvu qu'ils soient courts, épanouissent l'humeur, améliorent le visage, excitent les fonctions digestives, retrécissent la pupille et régularisent les évacuations alvines. Une fois même, ils ont donné lieu à quelques phénomènes d'un *molimen* menstruel, tel que céphalalgie, animation des yeux, coliques et sensibilité hypogastriques, mouvement fébrile, etc.

Les bains de mer qui conviennent si bien dans le traitement de la chlorose, ont été aussi administrés comme moyen confirmatif de la thérapeutique, ordinairement mise en usage contre cette maladie.

Un état commun aux jeunes filles et aux femmes qui ont été mères, consiste dans une sorte de relâchement de l'utérus, ou plutôt d'atonie de cet organe, accompagné de quelque leucorrhée. Cet état se rencontre, en général, chez des sujets lymphatiques qui ont maigri, ont les yeux cernés, se plaignent souvent des maux de tête, habituellement d'anorexie, et parfois d'une soif vive, qui éprouvent debout ou à genoux des douleurs sous-ombilicales, assez

souvent plus fortes d'un côté que de l'autre , et du tiraille-
ment sterno-thorachique qui leur rend la marche difficile ,
et qui leur cause assez fréquemment assez de lassitude ,
pour qu'ils soient obligés de se coucher dans la journée. Les premiers bains de mer fatiguent ordinairement
beaucoup ces jeunes personnes; mais, en persistant, ils
deviennent pour elles l'occasion d'un grand soulagement.

Il est une dernière maladie observée presque exclusivement à Dieppe, chez les jeunes personnes délicates , pâles ,
irritables : ce sont les palpitations nerveuses. Les bains de
mer leur conviennent merveilleusement, à cause de leur action sur la circulation centrale. Dans ces cas, leurs effets physiologiques ont besoin d'être dirigés avec une minutieuse
attention. S'il est vrai que le bain refoule le sang au dedans
et augmente d'abord les mouvemens du cœur, on conçoit
qu'un séjour trop prolongé dans l'eau, doit avoir pour ré
sultat d'amener des conditions équipollentes à la maladie.
En effet, il est trop commun de voir cette classe de baigneuses, pâlir et éprouver de l'angoisse après un bain trop long.
Le bain très court, au contraire, suivi d'une réaction d'autant plus prompte , oppose au mouvement centripète , une
action antagoniste qui en neutralise l'effet et amène les
conditions désirables dans l'état général des fonctions et
de la circulation en particulier.

*Chez les garçons.*—Il en est qui sont nés de parens nerveux, qui sont pâles, amaigris à la fois par une croissance
rapide, par l'abus précoce de l'onanisme et des plaisirs, ou
par des pertes séminales nocturnes. Heureux, quand à ces
causes d'affaiblissement, ne se sont pas joints , au milieu
de leur vie encore si jeune , l'une de ces affections que le
nouveau monde a léguées à l'ancien , et l'un de ces trai-

temens spécifiques, qui sont si souvent pire que le mal! Ces
individus, dans cet état, ne mangent plus; leurs forces
languissent dans une atonie complète. Le premier effet des
bains de mer est de leur rendre l'appétit; les pollutions
cessent ainsi que la blénorrhée, si elle existe. Les apparences de la santé et l'embonpoint se montrent à leur
visage après une saison complète.

D'autres jeunes gens, également élancés, impressionnables, sujets même à quelques symptômes nerveux, et peu
capables de résistance au travail intellectuel, lequel venait
naguère d'être l'occasion chez eux de certains phénomènes
cérébraux, se sont bien trouvés des bains de mer réunis à
d'abondantes affusions. L'un d'eux s'est prémuni jusqu'ici,
contre des accidens qui paraissaient imminens, en venant
à Dieppe chaque année.

## § III.

### Maladies des Femmes.

Si, sous le rapport hygiénique, les bains de mer sont surtout bien assortis à la constitution des enfans et des jeunes
gens, leur mode d'action ne cadre pas moins bien avec celle
des femmes. Ils leur conviennent particulièrement, comme
aux êtres destinés à perpétuer l'espèce. De la mère à l'enfant,
il y a des relations de santé, comme des liens d'organisation
que tout le monde connaît. Les bains de mer attaquent le
mal dans sa racine, quand il existe, en changeant les conditions, sous l'empire desquelles la femme doit nécessairement donner le jour à une génération chétive ou malsaine.

Sous le rapport thérapeutique, les bains de mer fournissent des ressources non moins précieuses aux femmes

qu'aux enfans, contre les maladies qui leur sont particulières. Dans la longue liste des maladies de l'utérus, il en
est peu, où l'on ne puisse tirer quelque parti de leur application, tant sous le rapport physique que sous le rapport
moral.

1° *Faiblesse locale et générale.* — Chaque jour constate
les effets salutaires des bains de mer dans ces états de langueur, qui succèdent si souvent aux couches les plus simples
chez toutes les femmes, et particulièrement chez les plus
jeunes : faiblesse générale, pâleur, absence des règles, etc.
Le bref laps de temps qui s'est écoulé depuis l'accouchement, n'est point un obstacle à la pratique de la mer. Après
deux mois, on peut se baigner avec fruit, pouvu qu'il ne
reste plus aucuns signes d'excitation utéro-vaginale.

On envoie avec raison aux bains de mer, les femmes
qui ont l'habitude des fausses couches, ou qui ont les parois abdominales relâchées par des grossesses répétées.
Celles qui en tirent le meilleur parti sous ces deux rapports, sont d'une constitution lymphatique et molle. Ici les
effets toniques des bains agissent avantageusement sur l'ensemble du système, sur les tissus distendus outre mesure,
et sur l'utérus considéré comme organe de la gestation.

2° *Déplacemens de l'utérus.* — Parmi les maladies de
l'utérus que j'ai rencontrées à Dieppe dans l'espace de deux
années, il faut mettre au premier rang, pour le nombre et
les résultats heureux du traitement, les déplacemens de
cet organe. Sous ces deux rapports, les altérations de sa
texture ne viennent qu'après.

Il est ordinaire de voir les femmes se plaindre long-
temps, des années même, après être accouchées une ou

plusieurs fois , d'une fatigue très grande à marcher, qui coïncide presque toujours avec quelques sensations anormales des régions abdominale et utérine , et avec quelque altération dans la nutrition générale. Elles sont ordinairement amaigries , faibles ; elles éprouvent le besoin impérieux de manger dès le matin , et souvent leurs digestions sont pénibles. La marche un peu forcée détermine chaque fois chez elles un écoulement leucorrhéique , et l'ascension d'un escalier amène de l'essoufflement à différens degrés : accident que contribue puissamment à augmenter l'habitude trop répandue des bains très-chauds.

On voit d'autres femmes conserver, souvent même après l'accouchement le plus heureux, des douleurs lombaires , lesquelles dépendent selon toute apparence, comme le premier accident, d'un certain degré de relâchement de l'utérus. C'est une sorte de laxité des ligamens utérins, qui ne consiste point dans un déplacement appréciable par les sens. Cet état se rencontre, en général , chez de jeunes femmes à circulation faible , affectées aussi de leucorrhée , qui ont donné le jour à des enfans très forts , ou qui ont eu une ou plusieurs fausses couches. Elles ressentent ces douleurs surtout quand elles marchent , quand elles sont agenouillées, ou quand elles portent un objet de quelque poids. Si elles ont été une fois guéries , leurs symptômes sont sujets à se renouveler avec la plus grande facilité, à l'occasion d'un exercice un peu trop violent. Les bains de mer, le choc de la vague et les affusions pratiquées sur les lombes, ont toujours fait disparaître ce genre de lombago , aussi bien que la difficulté de la marche et ses coïncidences symptomatiques.

Les femmes affectées de simples *prolapsus* ou abaisse-

6

mens de l'utérus sans engorgement du col, se sont aussi constamment bien trouvées de l'usage des bains de mer. C'est dans ces cas surtout, qu'on a pu constater l'action de l'eau de mer, comme liquide dense et froid. Celle-ci agit par ces deux caractères, en causant un saisissement et même un certain degré de crainte, qui s'accompagnent de la rétraction du tissus.

L'efficacité des bains de mer a été aussi constatée dans les divers autres changemens de position de cet organe, tels que les déviations latérales, antérieures et postérieures. Les désordres symptomatiques qu'ils avaient entraînés dans le reste de l'économie, ont été notablement amendés : tels sont l'impossibilité de marcher et de se tenir debout sans souffrir, les vives douleurs hypogastriques et inguinales, les pesanteurs de l'anus, la gastralgie, les leucorrhées, l'altération profonde de la nutrition et des traits du visage. Une dame appartenant à cette catégorie est venue prendre les bains de mer deux années de suite. A sa première année, elle souffrait d'une grave lésion de position de l'utérus, était obligée de porter un pessaire, ne pouvait marcher, et ses forces avaient décliné dans la même proportion que ses fonctions gastriques. A son départ, elle faisait quelques pas ; son estomac était plus énergique et ses forces générales s'étaient augmentées. Ces résultats, après l'impulsion donnée, s'accrurent encore dans le temps qui s'écoula jusqu'à la seconde saison. A cette époque, cette personne allait seule au bain ; elle avait engraissé ; son utérus était remis en place, et surtout son moyen mécanique avait pu être abandonné. Elle quitta Dieppe une seconde fois, avec un profit non moins marqué que la première année.

3° *Lésions du tissu de l'utérus* — Les déplacemens de l'utérus sont souvent réunies aux lésions de tissu de cet organe. Ce que j'ai observé des effets des bains de mer, dans les lésions du col utérin, m'a conduit à établir une distinction bien tranchée entre les engorgemens indo-lens et ceux qui sont douloureux au toucher. Les premiers, qui étaient ordinairement le résultat de fausses couches plus ou moins répétées, et qui ne donnaient lieu qu'à des pesanteurs et à quelques élancemens, ont été mis facilement en voie de guérir par les bains de mer; les seconds, que j'appellerais volontiers *actifs*, avaient déjà été le siége de simples excoriations ou d'ulcérations plus ou moins profondes, ou paraissaient susceptibles de le devenir. Ces solutions de continuité, quand elles existaient, avaient été cautérisées un plus ou moins grand nombre de fois, et se trouvaient maintenant complètement cicatrisées.

La plupart de ces engorgemens *actifs* étaient non-seulement douloureux au toucher et au palper de l'hypogastre; mais ils s'accompagnaient encore sympathiquement de douleurs à l'hypogastre, aux fosses iliaques, aux aines, aux cuisses, aux lombes, aux hanches et aux mamelles. Ils donnaient le plus souvent lieu à ce teint *utérin*, si caractéristique, à une menstruation surabondante, et à une leucorrhée habituelle, sanguinolente ou muqueuse.

Quelques-unes de ces maladies avaient suivi cette marche : un certain degré de relâchement de l'utérus avait existé pendant long-temps, et avait été négligé et méconnu. A cette période, quelque traitement irrationnel, comme une saison à des Eaux thermales actives, avait développé des douleurs uterines. C'est alors que la tuméfaction du col avait été constatée; et bientôt on avait vu poindre une ou plusieurs ulcérations , lesquelles avaient cédé promptement à la cautérisation. Maintenant le col était cicatrisé ; il ne restait plus que la maladie primitive, le prolapsus utérin , et un certain degré d'engorgement du col. La station verticale et la marche amenaient des pesanteurs au siége. Il existait parfois , dans les fosses iliaques , des douleurs que j'ai vues remonter une fois, jusque dans le flanc gauche ; ce qui avait suggéré l'opinion qu'elles tenaient à une *obstruction* abdominale. Une autre fois , ces douleurs descendirent jusque dans le fond du *pelvis*. Depuis les cautérisations , la leucorrhée avait cessé, la menstruation avait beaucoup diminué ; ce qui semblait pourtant avoir entraîné l'augmentation des douleurs sus-iliaques.

Si les bains ont été convenablement administrés , il ne faut point s'alarmer du réveil des douleurs locales et sympathiques chez les personnes atteintes de quelque lésion utérine. C'est même une remarque curieuse que ces effets des bains de mer, qui , tout en augmentant les douleurs , restaurent les autres fonctions. J'ai vu des personnes souffrir ainsi , et reprendre pourtant les apparences de la santé. Si de simples émolliens ou calmans , donnés sous la forme de cataplasmes, d'injections et de lavemens , ne suffisent pas pour apaiser cet appareil de symptômes, un bain d'eau commune , un ou deux jours de repos , amènent ce résultat. A ce sujet, il faut dire que tout ce qui est *douleur* et *leucorrhée* dans les maladies de l'appareil génital de la femme , est très exposé à se réveiller sous l'influence des bains de mer. Il n'est pas rare d'entendre celles qui souffrent de cette manière, percevoir assez distinctement ces douleurs pour en placer le siége au point précis où existait une ulcération du col. Les douleurs qui tiennent à une tumeur de l'ovaire ou à un corps fibreux de l'utérus, si ces tumeurs sont actuellement dans leur période de progression, s'exaspèrent violemment aussi par des bains de mer mal pris. Une jeune femme comparait ces douleurs aux élancemens d'un panaris.

Il ne faut point, en de pareilles circonstances, calculer sur un nombre rigoureux de bains de mer : quelques bains bien pris ont une grande influence sur ces maladies, tandis qu'un seul bain intempestif ou trop prolongé provoque des effets qui forcent au repos pour plusieurs jours. C'est surtout dans ces cas qu'il faut défendre absolument les bains doubles.

L'emploi des bains de mer dans les maladies de l'utérus m'a toujours paru exiger les plus grandes précautions. Voici à ce sujet des données qu'il est important de connaître.

1° On ne peut espérer d'obtenir quelque fruit des bains de mer dans ces cas, si on ne restreint leur durée à un temps extrêmement court, et si on ne fait suspendre le bain les jours de mer *agitée*. Il est trop ordinaire de voir des personnes affectées de ce genre de maladie, payer le plaisir qu'elles ont trouvé à braver de fortes vagues ou à prolonger le temps du bain au-delà des limites rationnelles, par un état nerveux général, accompagné de nausées et du redoublement de leurs inquiétudes habituelles, par l'exacerbation de leurs souffrances locales ou sympathiques, par une abondance insolite de leur écoulement leucorrhéique, par l'accélération ou l'augmentation de leurs règles déjà trop abondantes, et souvent par quelque excitation fébrile. Donc, le seul moyen de prendre fructueument les bains de mer, sans ressentir ces phénomènes d'excitation, consiste à les prendre très courts et à les suspendre souvent. Tantôt je fais baigner deux jours de suite et reposer les deux jours suivans; tantôt je fais pratiquer la mer pendant trois jours, et suspendre le quatrième : les jours de repos sont remplis par des bains d'eau simple à basse température.

2° Il faut que les personnes se fassent porter à la mer et à la promenade, surtout durant les premiers temps. Il est important de ne leur permettre d'essayer la marche, que si elles ont pris un nombre de bains suffisant, pour qu'on puisse espérer d'avoir obtenu un commencement de résultat : encore faut-il être avare de ces essais. J'ai vu trop de personnes dépenser en un jour ce qu'elles avaient amassé de forces en quelques semaines !

En général, je dois dire qu'un grand nombre des personnes affectées de maladies utérines se sont toujours plaintes des effets des bains de mer, et que la cause en a toujours été facile à trouver dans l'abus qu'elles en ont fait de prime abord. Celles qui plus circonspectes, ou qui se sont laissé diriger par les conseils de l'art, n'ont, au contraire, presque jamais éprouvé le plus léger phénomène d'excitation locale.

Certainement les femmes en proie à de telles affections, peuvent parfois prendre un certain nombre de bains, avant d'éprouver ces phénomènes irritatifs; mais à une époque qu'on ne peut prévoir (j'ai vu une personne aller impunément jusqu'au quinzième bain), ils font explosion avec une intensité proportionnée à l'accumulation de leur cause.

Ceux des engorgemens *actifs* du col de l'utérus, qui avaient été précédemment traités par de petites saignées souvent répétées, semblaient avoir perdu de leur aptitude à être excités sous l'influence des bains de mer. Quand ceux-ci avaient été rationnellement pris, ces engorgemens ne tardaient pas à perdre de leur sensibilité au toucher et de leurs souffrances sympathiques. Les crampes utérines qui annonçaient ou qui accompagnaient chaque époque menstruelle, disparaissaient aussi. C'est dans des cas pareils, que les demi-lavemens froids d'eau de mer m'ont paru produire des effets avantageux de sédation.

J'ai rencontré, chez une jeune femme, un genre d'ulcération du col utérin, qui existait sans engorgement, mais avec une vive sensibilité au toucher. Elle se présentait sous la forme d'une échancrure étendue dans le sens longitudinal du col, et paraissait résulter d'une lésion mécanique produite par un accouchement antérieur. Il y avait souvent douleur à l'aine correspondante; la marche la réveillait, et la malade était péniblement préoccupée de son mal. Les bains de mer agirent d'une manière complétement efficace dans cette circonstance.

Les maladies utérines qui ont consisté autrefois en une lésoin de position ou de texture, et qui ont cédé à la longue aux moyens appropriés, tels que l'usage du pessaire, la cautérisation, etc., laissent après elles quelques symptômes ou quelques épiphénomènes, lesquels sont parfois une cause de souffrances et surtout d'inquiétudes chez les femmes. Ces symptômes sont : la teinte bistre du visage, la fatigue à marcher, le sentiment de laxité des parois abdominales, etc.; les épiphénomènes sont : les engorgemens indolens ou sensibles encore à la pression des glandes in-

guinales ou mammaires. Ces états ont été traités avec succès par les bains et les douches. Celles-ci endolorissaient
d'abord les glandes, et ce fait était ordinairement le signal
de leur détuméfaction, laquelle commençait toujours par le
tissu cellulaire ambiant. Les bains de mer donnaient du
ressort aux parois abdominales, de là force à tout le système musculaire, et éclaircissaient le visage.

Il est une maladie que j'ai observée à Dieppe, laquelle se
rapproche des lésions de la matrice, encore que les résultats
fournis par l'investigation locale s'en éloignent tout à fait;
elle a cela de commun avec ces maladies, qu'elle inspire les
inquiétudes les plus vives aux personnes qui en sont affectées. C'est une sorte de névralgie qui consiste en des douleurs de l'utérus, se reproduisant l'hiver, se suspendant
l'été, et susceptibles parfois d'être remplacées par des douleurs d'entrailles de même nature qu'elles. Dans l'un de
ces cas, dix-neuf bains de mer pris peu méthodiquement,
donnèrent lieu à de la pesanteur pelvienne et à de la gêne
anale, lors de la station assise, sans qu'il coexistât d'autres
douleurs sympathiques autour du bassin. Une crainte exagérée des effets de ces bains, fruit d'une imagination sans
cesse tendue vers l'idée d'une maladie utérine, les fit aban-
donner prématurément. Pourtant, je reste persuadé que de
telles souffrances peuvent être combattues par les bains de
mer pris avec toutes la circonspection convenable.

4° *Leucorrhées.* Après les altérations de situation et de
texture de l'utérus, viennent les sécrétions morbides de la
muqueuse utéro-vaginale. Différentes espèces de leucorrhées, dont l'origine dépendait quelquefois d'une cause
spécifique, qui étaient indolentes, avec ou sans prurit,
coïncidant avec quelque douleur sympathique d'un point

de l'abdomen, ont été guéries ou sensiblement améliorées par les bains de mer. Ceux-ci agissaient sur elles en les augmentant ou en les diminuant tout d'abord. Dans le premier cas, ce n'était qu'au bout d'un certain nombre de bains, qu'on voyait l'écoulement se ralentir graduellement jusqu'à son entière disparition; dans le second cas, ou il disparaissait avec rapidité, ou bien il se remontait avec plus d'abondance que jamais, pour se tarir ensuite peu à peu. Une leucorrhée rebelle, mais indolente, remontant chez une femme mariée et mère, jusqu'à l'époque qui précède la puberté, avait cédé aux bains de mer chauds. Cette guérison inopinée, m'avait fait juger prudent de conseiller de temps en temps une dose de sel neutre ou de crême de tartre soluble; mais la leucorrhée revint à un certain degré, accompagnée de cuissons, après trois bains de mer froids.

Ces leucorrhées, par leur ancienneté et leur abondance, avaient souvent entraîné cette pâleur cachectique, qui en est quelquefois le caractère, et qui s'observe jusque sur les lèvres, la langue et les gencives; elles avaient de même donné lieu, dans des proportions diverses, à de l'affaiblissement notable des forces, lequel rendait la marche fatigante; à de l'amaigrissement, à de l'inappétence avec gastralgie et sans dyspepsie, à de la mélancolie, etc.

Dans tous ces cas moins deux, les bains de mer ont fait disparaître en même temps les causes et les effets. Le premier cas d'insuccès se rencontra chez une femme qui avait déjà passé sans fruit une saison à Dieppe, l'une des années précédentes; le second appartenait à une jeune femme qui avait en même temps des douleurs hypogastriques, de l'oppression et des palpitations en marchant. Examiné avec

soin, l'utérus se montra avec un col court et sans volume.
Les bains, chez ces deux sujets, vascularisèrent le visage,
la langue et les lèvres; mais la seule modification que subit
l'écoulement leucorrhéique, c'est qu'il perdit de sa teinte
menstruelle et devint plus liquide et plus clair.

Il est une espèce de leucorrhée avec douleur, mais sans
tuméfaction du col utérin, pour laquelle il était de la plus
grande importance de ne pas dépasser les limites les plus
restreintes, qu'on accorde à la durée du bain, sans quoi les
douleurs se réveillaient et la leucorrhée augmentait, au
moment où celle-ci commençait à graduellement se tarir.

Les injections d'eau de mer ont été employées dans toutes les espèces de leucorrhées; mais elles n'ont réussi que
dans celles, où ne coexistait aucun signe d'irritation vagi-
nale.

C'est pendant les bains de mer employés contre les leucorrhées, qu'il est commun de voir une certaine série d'entre eux, laisser une fatigue et une courbature qui se dissipe
du moment où on les cesse.

5° *Menstruation.* Les effets des bains de mer sur les
fonctions menstruelles ont dû être constatés, du jour où ces
bains ont été mis en usage contre les maladies qui sont
particulières aux femmes; c'est pourquoi on est d'accord
aujourd'hui sur les avantages qu'ils offrent dans tous les
troubles de la menstruation, que la nosologie a exprimés
par les mots d'*aménorrhée*, de *dysménorrhée* et de *mé-
trorrhagie*, ou règles trop abondantes. Un certain nombre
de ces cas ont été soumis à mon observation, et m'ont
fourni les remarques suivantes :

Il est de jeunes personnes ou de jeunes femmes qui ont éprouvé des pertes sanguines , ou qui sont actuellement encore épuisées par des menstrues douloureuses et surabondantes , *surabondantes* sous le rapport de leur instanéité , de leur quantité , de leur durée et du rapprochement de leurs périodes. On les voit pâles , languissantes et tristes ; elles se plaignent de douleurs lombaires et ombilicales , de fluxion menstruelle après chaque course un peu longue , de tiraillemens gastriques et d'inappétence. On est émerveillé de la facilité avec laquelle les premiers bains de mer font disparaître le lombago , renaître la coloration des joues , l'appétit , les forces et la gaîté. Ordinairement , après avoir supprimé l'époque intercalaire , ce moyen amène une menstruation graduelle et sans douleur. Une personne arrivée à l'époque critique , avait des règles métrorrhagiques qui duraient sept à huit jours. Ces pertes non symptomatiques d'une lésion utérine , l'avaient mise , en l'affaiblissant , dans un état nerveux général accompagné de céphalées mobiles. Les bains la fortifièrent sensiblement.

Chez les femmes qui sont venues à Dieppe pour l'un ou l'autre de ces dérangemens menstruels , les bains de mer, d'un côté , ont déterminé le retour des couches après plusieurs mois de retard, une fois même , dès le premier jour ; de l'autre côté , ils ont accéléré ou régularisé l'époque habituelle des menstrues , laquelle était sujette aux retards ou aux irrégularités. Fournissons deux exemples de cette action emménagogue du bain de mer : il est commun de voir, durant plusieurs jours, paraître un peu de sang menstruel à chaque bain ; une personne se mit à l'eau avec ses règles , sans qu'elles se supprimassent.

Que les bains de mer aient régularisé ou avancé la période menstruelle, la quantité totale du sang était en même
temps augmentée. Une fois pourtant, chez une jeune personne nouvellement menstruée, chez laquelle l'époque fut
accélérée de onze jours, la quantité totale de sang diminua; mais aussi un peu de ce liquide colora chaque jour
depuis lors, un écoulement leucorrhéique habituel.

La menstruation était diminuée ou retardée, au contraire, quand son hyper-abondance habituelle semblait liée
à des phénomènes généraux ou locaux de débilité. Dans
l'un de ces derniers cas, la personne déjà mûre, qui retira cet avantage des bains de mer, devint d'une pâleur
et d'une apparence entièrement chlorotiques. Ces circonstances peuvent réclamer l'emploi d'une saignée locale
supplétive.

Hors de ce dernier cas, les menstrues ont été rarement
retardées durant le cours d'une saison. Je n'ai observé que
deux fois des retards mentruels, l'un de quatorze, et l'autre
de quinze jours. La première personne éprouva, pendant
le retard, tous les préliminaires habituels de ses époques ;
l'autre fut en proie à de l'étouffement, de la céphalalgie,
des nausées, de la congestion faciale, et à des réactions
fébriles, accompagnées du refroidissement des pieds. Ce
cas arrivant, on en trouve presque toujours la raison dans
un état de congestion céphalique habituelle, ou d'irritation locale, développée ou augmentée sous l'influence même
du bain, ou bien encore dans un régime alimentaire habituellement trop stimulant. Il n'y a qu'un seul cas où
les bains de mer soient restés sans action aucune sur les
règles, c'est quand elles manquaient depuis long-temps, et

que leur absence paraissait liée à l'existence de quelque lésion organique.

Il m'a paru sans inconvénient de faire continuer l'usage des bains de mer, jusqu'au jour même de l'époque menstruelle. Celle-ci, après quelques instans d'un léger étouffement, est assez souvent survenue immédiatement en sortant de la mer. Une fluxion menstruelle, avortée le jour même de son apparition, se remontra incontinent sous l'influence d'un bain de mer. Une dame, ayant redouté l'emploi de ce moyen dans les mêmes circonstances, fut prise d'étourdissemens et de céphalalgie, qui durèrent jusqu'au retour spontané de ses règles.

Si, comme il arrivait quelquefois, par l'effet des bains, le nombre des jours que durait ordinairement l'époque menstruelle se prolongeait au-delà du terme accoutumé, si entre les deux époques se montrait un peu d'écoulement sanguin, il était sans inconvénient de faire baigner pendant cette menstruation excédante; seulement il fallait ne le faire qu'après le temps habituel des règles. Dans ces cas, le bain de mer supprimait impunément un écoulement sanguin, dont la somme dépassait celle de la déperdition normale.

6° *Stérilité.* — Quelques faits bien constatés ont prouvé déjà le succès des bains de mer dans certains cas de stérilité chez les femmes. Le nombre de celles que Dieppe a vues les deux années précédentes, a fourni quatre exemples de ce succès, qu'on doit regarder ici comme bien avéré. L'opinion du monde parle de faits semblables, avec une exagération qui détruit ou altère ce qu'ils ont de réel; car le monde aime à croire aux actions spécifiques des moyens de traitement.

Certainement, l'action des bains de mer n'a rien de spécifique dans la stérilité, bien qu'il soit impossible, dans l'é-
tat présent de la physiologie des fonctions génératrices,
d'expliquer d'une manière tant soit peu satisfaisante, le
genre de modification qu'elles en reçoivent alors. Ce qu'il
nous est donné de savoir dans ces cas, c'est que la modification locale n'existe jamais, sans coïncider avec des changemens importans dans le reste de l'organisme.

Cette explication est aussi applicable à un fait qui se répète chaque année, c'est qu'il est commun de voir des personnes non stériles devenir enceintes après les bains de
mer, par la raison qu'elles en ont reçu les modifications
dont il vient d'être fait mention.

7° *Névroses des nerfs ganglionnaires.* — Les maladies
que je désigne sous ce nom, sont presque aussi particulières aux femmes que les précédentes, et n'ont pas afflué
aux bains de mer en moins grand nombre qu'elles. On le
concevra facilement, ce nom qu'on leur applique quelquefois dans la pratique médicale, n'est qu'une formule née
du besoin de localiser les maladies, qui établit leur siége
avec quelque probabilité, qui exprime quelques-uns de
leurs symptômes, et qui ne fournit que des inductions bien
vagues sur leur nature.

Ces névroses se sont montrées sous les formes les plus
variées. Dans la plupart d'entre elles, les circonstances
amemnestiques et actuelles de leur histoire, ne permet-
taient pas de méconnaître en elles un *élément hystérique.*
En effet, des symptômes hystériques en avaient été le point
de départ primitif, ou bien des sensations irradiaient encore de temps en temps de l'utérus vers les autres viscères.

Présentement, la plupart de ces maladies, sortes de névroses localisées, consistaient exclusivement en des lésions
des fonctions viscérales de la tête et de l'abdomen. Il faudrait un livre pour tracer le tableau de toutes ces lésions.
Je me bornerai à décrire ici leurs caractères les plus sail-
lans, pour en donner une idée.

Tantôt le cerveau était devenu le siége habituel des sensations les plus étranges. Il avait en même temps perdu
une partie de sa faculté normale d'innervation, relativement aux efforts musculaires, nécessaires à la rectitude du
tronc. Ainsi, les malades ne pouvaient rester assises, ni
marcher sans être prises de courbature, d'endolorissement
des membres et même de lypothymies. Tous ces phénomènes disparaissaient dès qu'elles prenaient la position
horizontale.

Tantôt une sensibilité exagérée, qui allait jusqu'à des
douleurs lancinantes (gastralgie), semblait départie aux
plexus nerveux de la région épigastrique, ou bien aux élémens nerveux qui entrent dans la structure viscérale de
cette région. Si la malade n'eût été parfois sujette aux sécrétions gazeuses de l'estomac, les fonctions de cet organe
se fussent toujours montrées intactes. Il y avait appétit, et
même appétit exagéré, et digestion facile. Cette concentration intérieure de la sensibilité vers un point unique
entraînait chez les individus une grande impressionnabilité,
au froid et au moindre mouvement de l'air ambiant, et les
laissait sans défense contre les influences morales.

D'autres fois le tableau de ces souffrances était moins
complet. Celles-ci se bornait habituellement à la gastralgie, laquelle alternait ou coexistait avec des symptômes

hystériques ou céphaliques. Les Eaux de Marienbad donnèrent à une dame bien constituée une *fièvre gastrique*, à laquelle succéda une gastralgie avec crampes, qui revenait toutes les semaines. Après une année de souffrances, les bains de mer la guérirent entièrement.

Ailleurs, la névrose du grand sympathique se traduisait au dehors par des spasmes de la respiration, par des palpitations accompagnées d'angoisses de crampes lancinantes aux précœurs ou d'une dyspnée extrême, et par des bourdonnemens et un sentiment de percussion à la tête. D'autrefois, d'après ces liens étroits que l'état pathologique dévoile chaque jour entre ce système de nerfs et celui de la vie de relation, la maladie s'était convertie en accès de crampes localisées à la tête, au larynx, au cou, et à différentes parties de l'écorce du tronc et des membres : elle se présentait aussi sous la forme d'une éclampsie, dont les retours n'avaient rien de fixe sous le rapport de leurs causes occasionnelles. D'autres fois aussi, elle alternait ou s'associait avec des accidens épilepsiformes, qui avaient laissé des traces, telles qu'un strabisme, etc.; ou bien elle se déclarait par des accès d'hystérie ou de forme hystérique (oppression sternale, constriction gutturale, sensation de chaleur au visage, etc.)

Ces cas d'éclampsie et d'*attaques de nerfs* hystériques, hystériformes ou épilepsiformes, appartenaient à de jeunes filles ou femmes, d'une belle santé, d'une constitution forte et même musculaire, et de menstruation peu abondante. Ils se liaient à une impressionnabilité morale extrême, surtout en ce qui touchait leurs affections. De ce point de départ, la plus légère contrariété les livrait aux spasmes, aux serremens précordiaux et aux larmes.

Je mets à cette place aussi ces états si variés d'excitabilité nerveuse, avec affaiblissement des forces, qui, chez les
femmes moralement très impressionnables, succèdent souvent à l'avortement ou à l'accouchement plus ou moins
laborieux. Ces états sont généraux ou locaux. Dans ce dernier cas, on a vu des mouvemens nerveux dans la continuité du bras, de l'angoisse thoracique, etc.

Les bains de mer ont souvent merveilleusement réussi
dans cette famille de maladies. Leur propriété sédative et
leur propriété de décentraliser la vie, si l'on peut s'exprimer ainsi, a calmé l'élément névralgique, soit aux précœurs,
soit à l'épigastre, a rendu la marche possible ou facile, le
corps plus réfractaire aux impressions de l'air, et l'appétit
moins actif. L'estomac en même temps a cessé de sécréter
des gazs. Seulement on ne saurait exprimer à quel point il
est nécessaire de restreindre la durée du bain dans la majorité de ces cas. La plus courte est la plus sûrement
exempte d'inconvéniens; une ou deux minutes de plus
peuvent réveiller les douleurs gastriques ou utérines.

Parmi ces maladies, il s'en est trouvé de rebelles à l'action des bains de mer, et, chose remarquable! elles appartenaient toutes à de jeunes filles fortement constituées.
Chez elles, la gastralgie alternait avec des maux de tête,
de manière que tantôt l'une, tantôt l'autre de ces souffrances se montrait prédominante.

Un autre genre de névrose, dont le siége exclusif est
l'estomac, où l'hystérie ne paraît pas jouer, comme précédemment, le premier rôle, a pour résultat d'amener peu
à peu, par une série de longues souffrances, les femmes
qui en sont affectées, à ne pouvoir digérer les plus petites

quantités d'alimens solides ou liquides. Les symptômes qui accompagnent cette affection parvenue à son dernier période, sont variés à l'infini et souvent bizarres. Le défaut d'alimentation a ralenti le pouls, a produit le marasme, et causé une faiblesse qui rend la station et la marche impossibles. Tout fait croire à une lésion organique, et fait prononcer le plus grave pronostic : mais seulement il faut remarquer qu'il n'y a pas eu vomissement des matières ingérées.

L'un des plus beaux succès des bains de Dieppe concerne un cas pareil. Une dame, après huit années de dyspepsie, était arrivée à ne prendre dans la journée qu'un peu de liquide; encore était-elle jetée, chaque fois qu'elle avait bu, dans une torpeur qui durait deux à trois heures. Les bains de mer furent conseillés, malgré l'existence d'un état plus que suspect de la poitrine. Ils durent être employés sous forme d'essai, avec toutes les précautions imaginables. Le premier bain consista en trois immersions; l'impossibilité de marcher rendit la réaction assez lente. Le deuxième bain permit déjà à la malade de prendre quelques cuillerées de bouillon, ce qu'elle n'avait pu faire depuis long-temps, et de rester levée. Le quatrième qui fut d'une minute, rendit possible l'ingestion d'une plus grande quantité de bouillon. Le septième qui s'éleva à trois minutes, mit la malade dans le cas de passer plusieurs heures sur sa chaise, de marcher une demi-heure et d'écrire une longue lettre. Au onzième bain qui fut de huit minutes, elle mangea dans toute sa journée des potages gras, de la viande de caille, de la fécule et de la compote; elle resta levée et se promena à pied au grand air. Au seizième bain, elle se rendait à pied sur le bord de la mer, et fai-

sait trois repas par jour; ses yeux et les traits de son visage avait repris une expression de vie remarquable.
Après le vingtième bain, elle toussa davantage, ressentit
des douleurs de poitrine et eut de l'insomnie : ces raisons
empêchèrent de pousser plus loin les bains de mer. Deux
jours de repos amendèrent ces accidens, et la malade
quitta Dieppe.

Une de ces gastralgies dyspeptiques était loin d'avoir altéré aussi profondément la constitution; mais elle avait
amené une aménorrhée complète depuis deux ans, et à par-
tir de cette époque, deux fois une hématémèse et un méléna
des plus graves semblaient avoir été les supplémentaires
de la menstruation. Les bains de mer n'eurent pas un effet
marqué sur cette affection.

*8° Névroses du système nerveux ganglionnaire chez
les hommes.* — Il s'est offert chez les hommes qui ont fréquenté les bains de mer, des maladies que caractérisaient
d'évidentes analogies avec les maladies précédentes observées chez les femmes. C'étaient aussi des lésions nerveuses
plus ou moins anciennes des organes viscéraux ; mais non
plus modifiées par les phénomènes nerveux de l'organisation
sexuelle. C'était le plus ordinairement une forme d'hypocondrie, qui avait pour caractères des localisations douloureuses à la région de la rate, du foie ; aux différentes portions du tube digestif et au cerveau.

Les gastralgies proprement dites, avec constipation habituelle, ont été les plus fréquentes parmi ces maladies;
puis venaient après les douleurs intestinales avec ou sans
diarrhée, avec borborygmes, que les sangsues exaspéraient
et qu'aucun signe de phlogose n'accompagnait.

La cause évidente de ces maladies fut trouvée une fois

dans une direction opiniâtre du cerveau vers l'étude de matières abstraites et une autre fois dans des habitudes solitaires. Elles avaient généralement cela de commun, qu'elles se présentaient chez des individus jeunes ou adultes, d'une constitution maigre ; qu'elles avaient débuté à la manière des phlegmasies gastro-intestinales, et qu'elles avaient été traitées comme telles, infructueusement et souvent abusivement jusqu'alors. Ces maladies avaient pu être des phlegmasies légitimes au début, mais assurément, comme tout le prouvait, leur caractère avait changé.

Une seule fois, l'une de ces maladies se montra chez un individu sanguin. Mais, à une certaine époque de leur cours, chez tous, il s'était adjoint des symptômes *sanguins* tels que des douleurs lombaires, des sifflemens et des bourdonnemens d'oreilles, des chaleurs céphalalgiques, et d'autres sensations cérébrales d'un vague inexprimable. Les malades, surtout ceux qui étaient constipés d'habitude, après avoir eu des sensations de *raptus* sanguin vers la tête, qui leur avaient fait croire à une attaque d'apoplexie, se plaignaient principalement d'avoir perdu toute force d'attention dans leurs occupations intellectuelles.

A dater de là, des accès de *spleen* ou d'hypocondrie s'emparaient du malade; il s'exagérait ses sensations, et les analysait cent fois par jour; sa vie était troublée par cette occupation constante; son sommeil était tourmenté par des rêves sinistres; sa figure restait morne, son caractère timide, sombre et mélancolique. Les viandes, et surtout les viandes rôties, étaient les alimens qui lui convenaient le mieux. La vacuité de l'estomac donnait de l'excitation; l'appétit était tantôt inégal, tantôt impérieux; en général, celui-ci pouvait être satisfait assez amplement,

dans le cas où les digestions étaient faciles, et où la diarrhée et les sensations gastro-intestinales ne se montraient
pas au plus léger écart de régime.

Chez ces individus, les extrémités étaient dans un état
perpétuel de refroidissement, et les membres étaient souvent faibles et fatigués, ou bien ces phénomènes n'existaient que dans les momens de *crise*, et s'accompagnaient
alors d'une foule de sensations, telles que fourmillemens
généraux, malaise, sentiment de défaillance, exaspération
morale, éructations gazeuses; puis après, bâillemens,
émission abondante d'urine. Ces accès hypocondriaques
suivaient quelquefois dans leur développement les changemens de l'atmosphère qui amenaient de l'humidité.

Plusieurs d'entre ces maladies ont été guéries; d'autres
ont été soulagées. L'un de ces malheureux hypocondriaques éprouvait, après chaque bain, un sentiment de gaîté
qui lui était devenu étranger.

Des bains trop prolongés, sans affusions, ou du moins
sans immersions répétées, étaient une cause infaillible
d'étourdissemens chez les hypocondriaques. J'ai restreint
une fois l'usage de l'eau de mer à des affusions seules, chez
un gastralgique de cette catégorie. Les douches froides
en arrosoir, administrées sur l'épigastre, m'ont paru
accélérer la disparition du mal. Une fois, la gastralgie fut subitement remplacée par une douleur fixée au
point de la colonne vertébrale exactement correspondant
à son premier siége, décélant ainsi ce principe morbide
que les Allemands ont appelé *arthritis interna*. Ce que
le bain de mer produisit ici, la nature le fait spon-
uand elle substitue à des douleurs d'entrailles-

plus ou moins anciennes une névralgie externe ou une douleur arthritique.

Je termine la liste de toutes ces affections nerveuses, en
mentionnant deux faits qui s'y rapportent par plus d'un
côté. Dans le premier, les bains de mer ont été supportés,
et ont mis le malade dans des conditions de santé nouvelles; dans le second, je n'ai pu faire, malgré la plus stricte
réserve, l'application des bains de mer, à cause de l'extrême excitabilité du sujet. Cette dernière névrose qui durait
depuis plusieurs années chez un homme d'un âge mûr et
d'un tempérament essentiellement nerveux, et qui avait
épuisé toutes les ressources de la thérapeutique, consistait
tantôt en une lésion des fonctions nerveuses de la vie animale, tantôt en un trouble de même nature dans les organes
de la vie nutritive. Sous le premier rapport, le malade
avait des convulsions cloniques de la machoire inférieure,
des soubresauts dans les muscles postérieurs du tronc, des
vertiges, des étourdissemens, qui survenaient sous l'influence d'une multitude de causes diverses. Sous le second rapport, il était tourmenté de nausées et de crampes
gastriques accompagnées de dyspepsie.

OBSERVATION IX. — M....., sortant de l'âge adulte, d'un tempérament bilieux en apparence, resta en proie, après la suppression spontanée
ou accidentelle d'hémorrhoïdes et de sueurs habituelles de la plante des
pieds, à des paroxysmes nerveux. Ils consistaient, dans les premiers temps,
en douleurs atroces de l'hypogastre, plus tard en une gastralgie avec vomissemens, enfin en une hépatalgie coïncidant avec des douleurs scapulaires.
Celles-ci avaient été quelquefois bornées au *scapulum* droit avec le caractère du *clou hyptérique*. A ces symptômes nerveux propres au système
ganglionnaire, il s'adjoignit bientôt d'autres phénomènes particuliers au
système nerveux cérébro-spinal. Ici il faut dire qu'il n'avait jamais été
constaté aucune affection organique dans l'une des cavités viscérales.

Quand M..... vint à Dieppe, ses paroxysmes qui avaient bien quelques

faux semblans épilepsiformes, et qui du reste étaient entièrement apyréti-
ques et acéphalalgiques, existaient depuis douze ans, mais ils avaient successivement perdu de leur intensité et de leur durée, en même temps qu'ils
s'étaient rapprochés, et s'étaient étendus dans leur localisation, du nerf tris-
planchnique au système central des nerfs de la vie animale. Ils avaient résisté à tous les calmans antispasmodiques et narcotiques.

M...... fut sensible au plus haut degré à l'action constrictive du froid pendant les premiers bains. Cette sensation lui arrachait des cris profonds
qui s'entendaient au loin; pourtant l'habitude l'amoindrit peu à peu. Néanmoins, la figure, l'appétit, les digestions, le sommeil et les forces reprirent
au milieu du trouble que semblait causer chaque jour les bains de mer.
Pendant le temps nécessaire à quarante bains, il n'eut qu'une seule crise un
peu forte, consistant en une douleur fixe entre les omoplates.

Il est un état nerveux accidentel, et que je n'ai rencontré que chez les hommes très jeunes, c'est une incertitude dans les mouvemens musculaires qui s'exprime par le
tremblement habituel des mains, par une impressionnabilité très grande et un ébranlement nerveux facile.
Aussi est-ce avec juste raison qu'on a conseillé les bains
de mer à ces individus.

Enfin il est des états de santé, sorte d'affaiblissement
nerveux, qui ne s'expriment que par de la fatigue et de la faiblesse lombaire, et qui tiennent à des excès d'étude, ou à
une vie à la fois contemplative et trop sédentaire. Les bains
de mer excitent dans ces cas les fonctions nutritives et
musculaires, et surtout donnent lieu à une sorte d'expansion morale, qui est un véritable bienfait pour les personnes tourmentées par cet état nerveux.

9° *Céphalées; hémi-crânies; névralgies de la tête.* —
Il faut mettre ces maladies au nombre de celles qui sont
propres aux femmes; car les exemples nombreux qu'elles
en ont offerts à l'application des bains de mer appartenaient

tous à ces dernières. Il faut aussi les ranger ici sous le même chef; car le plus souvent, si elles ont des caractères distinctifs, elles en ont aussi de communs.

Pour commencer par les névralgies de la tête, c'étaient ou des affections vagues et passagères, ou des affections opiniâtres contre lesquelles avaient échoué tous les moyens connus. Les unes avaient une grande tendance à revêtir le type intermittent, les autres ne revenaient que de loin en loin, comme de violens accès, dont la durée variait depuis une heure jusqu'à un ou deux jours. Elles ne se montrèrent point sous la forme de ces névralgies localisées à tel ou tel nerf de la périphérie. Elles participaient des hémi-crânies par l'existence des vertiges et par leur influence sur les contractions de l'estomac, et des névralgies externes de la tête auxquelles les Allemands ont donné le nom de *febris localis*, par leurs phénomènes de congestion momentanée et circonscrite à une partie du visage; enfin elles participaient aussi des névroses du grand sympathique par une certaine disposition syncopale, par les spasmes précordiaux, et par la grande susceptibilité à l'humidité atmosphérique qui accompagnaient chacun de leurs accès.

Je ne sais si la thérapeutique possède un moyen de combattre ces maladies, plus sûr que les bains de mer réunis aux affusions. Je dis les bains de mer réunis aux affusions; car les uns pratiqués sans les autres, ou du moins sans l'immersion totale du corps, augmentent la douleur, quand elle existe, ou bien la rappellent quand elle a déjà cessé.

De prime abord, ces névralgies étaient puissamment

modifiées par les bains ainsi administrés. De suite, le moment de leur invasion était retardé ou tout-à-fait enrayé. Dans l'un et l'autre cas, les plus invétérées d'entre elles ont fini par disparaître pendant plusieurs mois. Un fait important dans la pratique, qui s'est renouvelé souvent sous mes yeux, depuis que j'eus l'idée, pour la première fois, d'en faire naître expérimentalement l'occasion, c'est que constamment un accès de névralgie, quelque violent qu'il soit, peut être arrêté par un bain de mer. J'ai vu cette action se reproduire partiellement contre certaines réactions fébriles périodiques, liées à des douleurs rhumatismales de l'appareil ligamenteux du rachis.

J'ai vu d'autrefois les premiers bains de mer déplacer, pour ainsi dire, le principe de ces névralgies, de son siége primitif, et dénoncer peut-être ainsi leur nature. Il n'y avait plus aucune trace de névralgie, ni des autres symptômes nerveux, quand une douleur se développait dans les muscles du cou, et s'étendait aux épaules et dans la continuité de l'un des bras jusqu'au poignet. C'était une autre fois une douleur de goutte avec ses caractères distinctifs, qui se montrait à l'un des gros orteils. Les bains étaient continués dans ces circonstances, et après la disparition de cette affection supplétive, les individus se trouvaient pleinement en possession des bénéfices qu'ils avaient déjà obtenus de ce moyen. Une seule fois, ce *genius morbi* reparut sous la forme d'une odontalgie, laquelle céda subitement à l'action d'un bain de mer.

Le même mode d'administration des bains de mer était non moins indispensable, et non moins favorable dans le traitement des hémi-crânies simples, périodiques ou irrégulières, et des céphalées circonscrites ou générales. Les premières ont pu être aussi suspendues au milieu d'un accès violent, et reculées dans leur invasion; l'une des secondes, qui tourmentait cruellement la malade depuis cinq ans, consistait en une douleur fixe du pariétal gauche, avec chaleur de la tête au moment de l'accès. Elle annonçait chaque mois la venue de l'époque menstruelle, et durait autant qu'elle; elle avait imprimé au visage une teinte jaune cachectique, et avait entraîné différens troubles dans le reste de l'économie. Elle fut guérie sans retour jusqu'à présent, dès l'instant du premier bain de mer.

Cette céphalalgie générale, qui est propre aux jeunes femmes, et que j'appellerais volontiers *hystérique* à cause de sa fréquente connexité avec les symptômes hystériques, et une douleur frontale fixe, plus forte surtout après le sommeil de la nuit, qui, chez un jeune homme, avait altéré la vue, et s'accompagnait d'un sentiment de chaleur à la face, sans aucune congestion sanguine apparente, n'ont pas été moins favorablement modifiées par la réunion des bains très courts, des immersions et des affusions.

## § IV.

### Maladies communes aux deux Sexes.

Les maladies qui restent à passer en revue, n'ont plus rien de spécial sous le rapport de l'âge et du sexe des individus. Pour que l'exposé des effets des bains de mer, qui ont été observés chez elles, soit plus facile et plus clair, je les diviserai en cinq sections :

La première comprendra les affections bronchiques; la

seconde, les lésions organiques ou purement nerveuses du système cérébro-spinal et des nerfs sensoriaux; la troisième, une série de cas variés qui n'ont point de connexion commune entre eux ; la quatrième, les maladies de la peau ; la dernière enfin, les affections qu'ont peut appeler *externes* ou *chirurgicales*, à cause de leur siége appréciable par les sens et de leur nature, qui les rend ordinairement tributaires des moyens de la chirurgie.

## A. *Affections des voies aérifères.*

Je ne crains pas d'admettre comme un fait, que la toux, qui n'est liée ni à une cause héréditaire, ni à une conformation vicieuse du thorax, ni à une lésion pulmonaire confirmée, doit cesser le plus souvent par l'usage bien entendu des bains de mer. Dans ces circonstances, on le conçoit, il est besoin de diriger et de surveiller leur action avec une extrême prudence.

Un bain trop long, ou pris sous une température trop froide, peut agir au profit de la maladie qu'on se propose de combattre. On ne peut compter sur l'innocuité des bains de mer dans un degré même léger de bronchite, qu'en raccourcissant beaucoup leur durée, ou, en d'autres termes, en produisant une réaction prompte et sûre, qui n'est en définitive qu'un mouvement exagéré de la vitalité vers la circonférence.

Dans la saison dernière, un assez grand nombre d'individus sont venus demander à la mer la guérison d'une toux plus ou moins ancienne, qui avait résisté jusque là à une foule de médications différentes. Parmi eux, les jeunes adolescentes étaient en majorité.

Je ne puis mieux faire ressortir ici l'efficacité des bains de mer, qu'en donnant brièvement le résumé de tous ces faits.

OBSERVATION X. — Une jeune personne, pâle et irrégulièrement menstruée, toussait à son arrivée aux bains de mer. Au lieu de redoubler de précautions dans leur usage, elle se baigna dix minutes dès le début, et prit un bain double dans la même journée : aussi fut-elle en proie à des quintes de toux, pendant l'une desquelles elle expectora un peu de sang. Elle dut cesser de se baigner; et la toux, qui se montrait surtout le matin ou dans la journée, lorsque la jeune personne riait ou parlait, fut combattue par une application de sangsues au sternum, par le repos, les boissons appropriées et un laxatif. Ce ne fut qu'après huit jours de suspension, qu'on put penser à reprendre quelques bains de mer tièdes. Le dixième jour, un bain de mer très court, par une mer forte, n'eut aucun inconvénient pour la toux qui persistait encore. Dès ce moment, au contraire, la cure marcha entourée de toutes les précautions imaginables, et la jeune personne quitta Dieppe sans toux.

OBSERVATION XI. — Une autre jeune personne, beaucoup plus forte, avait une toux qui durait depuis quatre mois, qui avait cela de particulier qu'elle s'arrêtait quelquefois d'elle-même pendant un ou deux jours. Elle était sujette aux angines gutturales, et conservait encore les amygdales gonflées à un certain degré. Ses premiers bains associés aux affusions, ne furent que de trois minutes, et, contre son attente, n'augmentèrent pas la toux. Néanmoins, je les fis suspendre de temps en temps, et par des reprises bien combinées, la toux disparut totalement avant que la personne ne quittât Dieppe.

Deux autres jeunes filles se sont montrées avec une toux opiniâtre. Les bains de mer les en ont débarrassées, après avoir été pris avec les précautions suivantes : durée abrégée et suspension selon le besoin.

Une toux de quinze mois, liée à un affaiblissement général notable chez un homme de trente-deux ans, céda du moment où les bains donnèrent lieu à une vaste éruption pustuleuse. Cet effet consécutif, en se renouvelant à di-

verses reprises, fournit une garantie complète contre le retour de la toux.

Une toux aiguë, mais grasse et sans fièvre, contractée
avant la saison, s'est arrêtée d'abord à la suite de bains
pris très courts ; mais, à différentes reprises, elle s'est re-
montrée assez vivement, pour obliger chaque fois à les suspendre momentanément. Le sujet qui présenta cette affection était lymphatique à un haut degré, et se montrait, dans
les habitude de sa vie, facilement exposé à des expectora-
tions, qui lui faisaient dire qu'elle avait toujours la *poitrine
grasse*. Ce sont de telles personnes, qui semblent ordinairement éprouver un effet nuisible de l'habitation des bords
de la mer, disposition que j'ai vue héréditaire entre quelques parens et leurs enfans.

Parmi les personnes sujettes aux affections catharrales,
et qui ont fréquenté les bains de Dieppe ces deux dernières
années, il est digne de remarque que l'hiver qui a suivi ce
voyage, leur a apporté moins de rhumes qu'à l'ordinaire.

B. *Altérations matérielle ou simplement nerveuses du
cerveau et des nerfs sensoriaux.*

*Aliénations mentales.* — Voici l'énoncé des huit faits
d'aliénation mentale, qui ont été soumis à mon observation.

Le premier appartenait à un homme d'âge mûr, chez lequel cette affection paraissait tenir à une habitude de *raptus* sanguins vers la tête ;

Le second, à une jeune fille nymphomane qui offrait
déjà des signes précurseurs de démence ;

Le troisième, à un jeune mélancolique chez lequel la

maladie coïncidait avec une conformation vicieuse des parois du crâne, et s'était déclarée par une lésion de la mémoire et par un certain bégaiement.

Dans ces trois premiers cas, comme on devait s'y attendre, les bains de mer ont été sans résultat. Le premier de ces aliénés est venu succomber, à Paris, à une attaque d'apoplexie, après avoir reçu des bains de mer un surcroît d'excitation.

Le quatrième cas d'aliénation mentale appartenait à un homme mélancolique, nouvellement retiré de l'activité des affaires, et qui présentait une aberration partielle des idées et des sentimens, joint à une absence absolue d'énergie morale.

Le cinquième, à une jeune monomane, sentant de temps en temps quelques impulsions vers l'homicide.

Le sixième, à un jeune homme bilieux, dyspeptique, poursuivi par l'idée du suicide, laquelle était entretenue chez lui par des circonstances de fortune et par des écarts de vie habituels.

Le septième, à un jeune hypocondriaque, aussi avec penchant au suicide.

Le huitième, à une jeune personne qui présentait une lésion partielle des sentimens qui attachent l'homme à la maison et au pays qui l'ont vu naître.

Les quatre premiers cas ont guéri. La personne qui fait le sujet du dernier s'était épanouie au physique et au moral sous l'influence des premiers bains de mer. Son sommeil, qui était très agité ou lourd, était devenu calme.

Elle éprouvait surtout, par les affusions, un bien-être dont elle aimait à parler : en effet, celles-ci la débarrassaient de ses sensations céphalalgiques qui étaient variées à l'infini. Malheureusement, à la suite de circonstances indépendantes d'elle et de moi, elle quitta Dieppe avant l'achèvement d'une saison.

C'est surtout dans les différentes aliénations mentales, que les bains de mer doivent agir à la fois par leurs effets physiologiques, par le changement de lieu et les distractions qu'ils nécessitent. Ce qui m'a surtout frappé chez presque tous les aliénés soumis aux bains de mer, c'est l'absence complète de l'impression de froid qu'ils produisent pour la première fois à tous les baigneurs, surtout par le fait de l'opération des affusions. Il est à peine besoin de dire ici que la condition essentielle de tout succès dans les lésions organiques ou nerveuses de la tête, doit se chercher dans les bains de mer réunis aux affusions. L'insensibilité des aliénés au refroidissement de la tempérarature extérieure a déjà été remarquée, si je ne me trompe.

A côté de ces troubles de l'intelligence, on a vu à Dieppe, plusieurs autres maladies nerveuses du cerveau, non caractérisées par cette aberration complète dans les facultés intellectuelles ou affectives, qui constitue l'aliénation mentale. Pourtant elles offraient une perturbation marquée dans la vie *psychique* des individus. Ces maladies étaient le plus souvent des états de mélancolie, accompagnés de maux de tête, chez des jeunes gens des deux sexes; ou des états d'hypocondrie caractérisés par des mouvemens de congestion sanguine vers la tête et par l'endolorissement et la paresse des membres. Une des jeunes mélancoliques présentait en même temps un *pica* très prononcé.

Les bains de mer sont restés sans action sur les mélancolies et sur les états morbides qui coïncidaient avec elles. Les hypocondriaques, au contraire, voyaient après chaque bain disparaître leurs souffrances pour un temps plus ou moins long. Leur circulation a fini par être mieux répartie, et leur état moral par être amélioré.

OBSERVATION XII. — Un adulte d'un moral ordinairement très énergique, ayant fait quelques abus de régime, fut pris d'hypocondrie à propos de la plus simple cause. Au début de cette affection nerveuse, il ressentit des étouffemens et des palpitations ; plus tard elle fut caractérisée par des accès, pendant lesquels le malade se sentait entièrement privé d'énergie morale, restait livré en proie à des alarmes sur sa santé, et à des sensations inexprimables de tiraillemens douloureux des bras et des cuisses. Depuis, il fut habituellement constipé, lent à digérer, et agité pendant son sommeil. Après les bains de mer, il parlait de son mal comme d'un événement de sa vie passée; mais il se complaisait encore à en parler.

*Lésions des centres nerveux.* —Les états de congestion cérébrale qui, par leur répétion, avaient entraîné l'affaiblissement des sens, ont été ainsi modifiés par les bains de mer réunis aux affusions : le mouvemen ascensionnel du sang a été entravé par son égale distribution vers tous les points de la périphérie, par l'excitation générale des fonctions, par le surcroît d'activité musculaire, et par la faculté d'exercice qui s'en suivait.

Une lésion de la vue consistant en une dilatation de la pupille et une presbytie d'un côté, et en une diplopie, quand les deux yeux fixaient les objets, paraissait liée à une altération des centres nerveux; car elle avait été précédée de maux de tête, et s'accompagnait actuellement d'une incontinence d'urine nocturne. Le bain de mer rétracta chaque fois la pupille pour un temps plus ou moins long. Une saison entière améliora l'état de la vue, et fit disparaître complétement l'émission involontaire de l'urine.

*Hémiplégies.* — Des hémorrhagies cérébrales avec leurs conséquences symptomatiques, ont été traitées à Dieppe. Des trois cas de ce genre, l'un a révélé complétement tout le service que les bains de mer étaient destinés à rendre dans la paralysie récente.

OBSERVATION XIII. — Un jeune homme de 27 ans, d'un tempérament sanguin, livré à une vie active, éprouvait depuis quelque temps de la congestion céphalique et des étourdissemens, lorsque se trouvant sur le bateau à vapeur de Rouen, il fut frappé d'une hémiplégie de tout le côté droit du corps. Il resta sans secours jusqu'à Rouen, où il eut en arrivant une application de sangsues.

Lorsque je vis ce malade à Dieppe, il s'était écoulé trois mois depuis son accident; il ne pouvait marcher sans l'appui d'une personne et d'une canne, et il faisait des pas *fauchés*, le corps courbé, à la manière des hémiplégiques. Son bras était complétement paralysé et sa main habituellement froide. Il avait la parole embarrassée, et ses lèvres peu déviées laissaient échapper la salive de sa bouche. Il avait peu d'appétit. — Avant de venir me consulter il avait pris des bains de mer sans affusion. Dès lors il suivit exactement mes prescriptions, fut baigné avec affusion et reçut des douches à température décroissante et à jet unique, sur l'épine rachidienne et sur les membres paralysés.

De jour en jour on le vit faire des progrès réels dans sa faculté de marcher. Après sa première saison de 25 bains et de 12 douches, il eut de la somnolence, de la congestion céphalique et une sorte de bouffissure faciale. Je le saignai copieusement. Après quelques jours de repos, il élevait son bras à une certaine hauteur et fermait sa main avec une certaine force; il marchait le corps plus droit et en *fauchant* moins, avec le seul appui d'une canne. Au bout d'une seconde saison, il quitta Dieppe dans l'état suivant : après le repas, facile congestion du visage, élévation du bras à la hauteur de l'épaule, flexion complète des doigts, station et marche sans le secours d'une canne, allure presque naturelle, parole entièrement libre.

8

OBSERVATION XIV.—Un homme encore jeune, excessivement nerveux , avait eu une hémiplégie incomplète. Son cerveau n'était pas le siége d'un *raptus* sanguin ; mais les muscles de son bras paralysé avaient conservé quelque faiblesse , ou plutôt leurs mouvemens étaient accompagnés d'une sensation anormale, difficile à exprimer par des mots. Dans ce cas , les bains de mer réunis aux douches froides , furent appliqués avec quelque succès.

OBSERVATION XV. — Un vieillard de 70 ans , hémiplégique , fut baigné et reçut des douches. L'âge et l'ancienneté de l'affection ne purent faire espérer un instant quelque succès des bains de mer. Je remarquerai seulement à cette occasion , que je fus émerveillé du degré de réaction qui suivit, chez cet homme, les bains de mer prolongés même jusqu'à un quart d'heure.

*Paraplégies.* — Après les moyens *topiques* et généraux qu'on a l'habitude d'employer contre les divers degrés de la paraplégie , je ne crains pas de dire qu'il n'est pas de moyen qui promette plus de succès, dans cette maladie, que l'usage des bains de mer.

Il est presque constant que l'impression première du froid de la mer, soit très vive et même douloureuse chez les paraplégiques, pour les premières fois , et que cette impression engourdisse et enraidisse leurs membres pendant la durée du bain. Aussi n'est-il pas rare qu'un paraplégique qui a conservé encore un peu de sa faculté de marcher, la perde pendant le temps qu'il reste sous l'influence de cette impression.

La première modification qu'éprouvent les paraplégiques, c'est le retour des fonctions vésicales. Le signal de l'amélioration de la fonction innervatrice de la moelle, est donné par des secousses en quelque sorte tétaniques , qui se font sentir le long du rachis , et qui se communiquent aux membres paralysés, sous la forme d'irradiations ou de

crampes ; et surtout par le retour de la chaleur des extrémités.

La douche est un moyen puissant sans doute contre la
paraplégie ; mais elle n'est destinée à agir que comme
moyen confirmatif du traitement par les bains de mer. Ses
effets sont lents, et ne se font jamais sentir immédiatement ; c'est ce qui m'a amené à débuter dans tous les cas
par les bains de mer.

Deux paraplégies incomplètes, avec demi-paralysie de
la vessie, furent traitées par les bains, les affusions et les
douches. Les individus qui en étaient affectés leur durent
de perdre, en marchant, une partie de l'hésitation, du
défaut d'assurance musculaire qui leur étaient particuliers,
et de recouvrer aux jambes un sentiment d'*être* et une
chaleur qui avaient cessé depuis long-temps. L'un d'eux
ressentit plusieurs fois, sous l'influence des effets d'excitation propres aux bains de mer, des douleurs lombo-sa-
crées, qui se propageaient dans la longueur des cuisses,
en suivant le trajet des nerfs sciatiques : c'était un retour
passager de la sensibilité nerveuse affaiblie.

OBSERVATION XVI. — Un homme d'une forte constitution, incomplètement paraplégique depuis trois ans, non amaigri des membres inférieurs,
sans aucun signe de congestion cérébrale, avait pris successivement et
sans fruit, les Eaux thermales de Bourbonne et de Barèges. Ces dernières
l'avaient excité à un haut degré. L'usage des cautères sur la colonne vertébrale avait diminué les fourmillemens de ses jambes et rendu du ressort à
sa vessie. Il fut envoyé à Dieppe pour recevoir des douches d'eau de mer,
qui, une fois seulement, lui produisirent une sorte de secousse tétanique
rapide dans les muscles des lombes ; du reste il n'en retira aucun avantage
évident. Il n'éprouva d'effets sensibles que du moment où il prit les bains
de mer.

Le plus beau résultat des bains de mer dans la paraplégie se trouve dans les détails suivans, dont l'intérêt fera
supporter la longueur.

OBSERVATION XVII.—Une paraplégie, chez une personne très impression-
nable, avait débuté d'abord par la jambe gauche. Cette maladie était actuellement caractérisée par les symptômes suivans. La jambe gauche était maintenant la plus forte ; les articulations des pieds et des jambes étaient raides
et immobiles ; les membres étaient sujets à se refroidir. Parfois la malade ne
pouvait absolument se tenir debout; assise, elle ne pouvait détacher ses jambes du sol; d'autrefois elle faisait quelques pas en s'appuyant sur un bras.
Les mouvemens de sa bouche et le timbre de sa voix avaient ce caractère
propre aux hémiplégiques. La nuque était souvent le siége de sensations
qui empêchaient de pencher la tête et de lire, sensations douloureuses et
étranges qui n'étaient point, à proprement parler, de la céphalalgie, mais
seulement quelquefois un serrement du vertex. Un sentiment de constriction
à la gorge ne permettait souvent pas à la malade de parler haut. C'était là
son accident le plus habituel, et il s'accompagnait de temps en temps d'é-
touffemens, pendant lesquels elle ne pouvait suffisamment dilater sa poitrine.

Cette personne était douée d'une grande énergie morale ; son pouls était
naturel, quelquefois un peu serré ; sa menstruation n'avait jamais été dé-
rangée; le sang était assez riche en couleur ; le sommeil et l'appétit se conservaient à peu près intacts. Arrivée à Dieppe, elle était pleine d'espoir, en
présence d'un agent nouveau pour elle.

Après quelques bains de mer chauffés, le premier bain froid consista
en deux immersions et deux affusions ; il fut très bien supporté, et amena
momentanément un sentiment de force générale. Le lendemain pourtant,
sentiment de faiblesse, *collapsus*, constriction du gosier. — Repos. — Les
trois bains suivans furent séparés chacun par un jour de repos. La malade
sortit de chacun de ces bains en marchant avec plus de facilité, mais
toujours avec l'aide d'un bras. Ses jambes étaient réchauffées ; mais dans
la journée elle retombait dans son immobilité et ses membres se refroidis-
saient. Elle ne tarda pas à remarquer que son spasme, son oppression et sa
constriction du gosier se dissipaient, quand elle se baignait et même quand
elle était sur le bord de la mer. Dès-lors elle y passa tous les jours plusieurs
heures, en une ou plusieurs séances.

Après ces quatre premiers bains, la malade alla chaque jour à la mer, et reçut des affusions abondantes sur la tête et sur les reins. Son teint, ses yeux s'animèrent, et matin et soir, elle s'essayait à marcher. Elle eut pendant quelques jours seulement, des étincelles devant les yeux, avec un peu d'animation du visage, mais sans céphalalgie. Plus tard, chaque bain donna aux jambes une élasticité inaccoutumée, mais passagère. Ce résultat durait quatre à cinq heures et semblait être épuisé avant le dîner ; je fus ainsi conduit à permettre un deuxième bain dans la même journée.

Les bains donnèrent lieu à une constipation opiniâtre, qui ne céda pas aux lavemens laxatifs et purgatifs, mais à des pilules *ante-cibum*; ce qui fut la cause probable des bouffées de chaleur faciale, sans céphalalgie ni altération des traits, dont la malade se plaignit; mais cet accident n'empêcha pas l'amélioration des mouvemens musculaires. En effet, jusque là *le marcher* se faisait tout d'une pièce ; les genoux étaient raides, et l'articulation coxo-fémorale était le centre des mouvemens ; car les muscles des jambes, par le fait de la paralysie, étaient à la fois faibles et enraidis: Bientôt les genoux fléchirent dans l'action qui caractérise la progression et les sensations de l'occiput disparurent.

Tel fut, dans ce cas, le résultat des bains de mer.

OBSERVATION XVIII.—Un paraplégique d'ancienne date, fut le seul qui ne retira aucun fruit des bains de mer, lesquels lui donnaient, au contraire, chaque fois qu'il en sortait, de la raideur et de l'affaiblissement musculaires, des crampes aux coude-pieds et des fourmillemens plus marqués de la peau des extrémités. Encore qu'une partie de ces phénomènes disparût dans le reste de la journée, après 30 bains et un certain nombre de douches, il résultait de la comparaison impartiale de son état actuel avec celui de son arrivée, qu'il avait perdu quelque chose, et que sa vessie seule avait gagné notablement. Trois mois après, ce déficit existait encore. Le sentiment d'engourdissement s'était étendu de bas en haut jusqu'à la portion sacrée du rachis, et pourtant les cautères qu'il y portait fournissaient abondamment depuis son séjour à Dieppe.

Quant à l'incontinence d'urine, je dirai qu'elle s'est présentée six fois aux bains de mer sous la dépendance de causes très diverses. Chez un enfant, elle datait des premiers temps de la vie, et ne fut point guérie par la réunion des bains et des douches sur les lombes et le périnée ; malgré la transformation véritable qu'avait subie la santé du sujet. Chez un adolescent, cette maladie tenait à l'habitude de l'onanisme, et elle fut suspendue. Relativement aux quatre autres cas, ceux dont il vient d'être question, les bains de mer agirent efficacement dans le premier. La vessie, chez deux paraplégiques, resta dans son inertie, et reprit du ressort, au contraire, chez le quatrième.

*Névroses de la vue.* — Au nombre des effets inattendus qu'ont offert les bains de mer, il faut compter ceux qui ont signalé les deux saisons dernières, dans les maladies nerveuses des organes de la vision. Les faits suivans me semblent des données pratiques de la plus haute importance. D'après eux, les névroses de la vue réclameront désormais l'application des bains de mer. Je ferai remarquer que toutes les personnes qui sont les sujets de ces observations, ont été envoyées de l'Allemagne et de la Suisse, ou bien par des médecins allemands établis en France; ce qui tient à ce que, dans ces pays, la médecine des yeux est pratiquée par des hommes spéciaux qui, ayant appris que les maladies de la vue sont souvent liées à un état général, s'adressent à un moyen, dont le mode d'action s'exerce surtout sur l'ensemble de l'organisme.

Un jeune homme de la province, exempt d'excès, sans congestion céphalique, éprouvait un trouble de la vision, qui consistait à voir voltiger, devant ses yeux, une multitude de petits globules noirs, sitôt qu'il les fixait sur un livre ou sur un objet voisin de lui. Il avait épuisé tous les traitemens. M. Maunoir de Genève, considérant sa maladie comme une congestion des capillaires sanguins des nerfs optiques, l'envoya à Dieppe. Une saison de bains de mer associés aux affusions, rétablit complètement sa vue.

Une faiblesse de la vue , rendant fatigante toute lecture un peu suivie, et paraissant tenir à un *profluvium seminis* habituel et spontané , s'améliora deux années de suite aux bains de Dieppe , parce que la cause , qui entretenait l'état des yeux , s'amoindrit à chaque saison.

OBSERVATION XIX. — Un jeune homme de 20 ans, s'étant livré à l'onanisme, devint aussi sujet à des pertes séminales répétées pendant la nuit. Ces deux causes réunies amenèrent bientôt chez lui, une certaine débilité intellectuelle et une injection habituelle des conjonctives, qui l'obligèrent à renoncer à toute espèce d'occupation. L'entraînement vers une déplorable habitude augmenta l'incapacité cérébrale et amena une faiblesse générale et des douleurs lombaires. Quand il se présenta à mon observation , il se plaignait de voir voltiger sans cesse des corpuscules devant ses yeux , quelquefois plus nombreux devant un œil que devant l'autre ; tous les deux se montraient assez injectés. Il disait éprouver beaucoup d'affaiblissement corporel, en même temps qu'un trouble, une espèce de vague, quand il voulait mettre en exercice ses facultés intellectuelles. Avec tous ces phénomènes coïncidait un défaut absolu d'énergie morale. Des bains et des affusions répétées dérougirent en peu de jours la muqueuse oculo-palpébrale. A mesure que le nombre en augmenta, le cerveau devint susceptible d'une application plus soutenue : ce que le jeune baigneur constatait en écrivant sa correspondance.

Après la saison qui fut de trente bains, le jeune homme se sentait plus de force d'attention, plus de netteté et d'abondance dans les idées, et surtout sa vue était devenue d'une parfaite lucidité. Il n'avait eu que deux pollutions de puis son arrivée à Dieppe.

OBSERVATION XX. — Une dame de Leipsick voyait également les objets à travers une multitude de globules. Elle avait des maux de tête ; ses pupilles étaient contractiles ; mais le fond de son œil gauche me semblait nuancé d'une couleur azurée ; ce qui, probablement, avait fait croire à un commencement de cataracte. Le soleil ne la blessait que faiblement ; une pelouse de gazon ou les lumières d'une salle de spectacle lui *brouillaient* la vue. Elle était inappétente et sujette aux fluxions intestinales. Malheureusement elle échappa à mon observation , et, bien que sa maladie offrît de nombreux points d'analogie avec la précédente, je ne sus pas quels furent chez elle les résultats des bains de mer.

OBSERVATION XXI. — Une jeune femme de 27 ans, lymphatique, fut envoyée aux bains de mer pour une double affection de la vue, dans laquelle les pupilles étaient dilatées, et les objets rapprochés étaient vus à travers un voile ou une réunion de corpuscules mobiles noirs ou lumineux. Cette maladie avait mis cette dame dans l'impossibilité de s'occuper des travaux ordinaires à son sexe. Je la vis pour la première fois après les huit premiers bains, lesquels lui avaient occasionné un trouble visuel plus considérable. Je dus lui conseiller d'y joindre les affusions. Elle prit quatre bains ainsi modifiés sans rien obtenir, et je finis par faire pratiquer exclusivement les affusions qui n'amenèrent pas d'amélioration.

L'amaurose, qui n'est le plus souvent qu'une lésion nerveuse, doit aussi trouver place ici. Voici le seul fait qui se soit présenté à Dieppe :

Un jeune homme de vingt ans, maigre, d'une délicate complexion, s'étant adonné très jeune à des habitudes solitaires, ressentait, depuis plusieurs années, un affaiblissement des forces musculaires plus marqué aux extrémités inférieures innervées par la *cauda equina* de la moelle rachidienne, quand ses yeux semblèrent participer à cet état morbide. Consulté par lui, M. le Docteur Sichel l'envoya aux bains de Dieppe. Je trouvai l'œil droit presque entièrement amaurosé, et l'œil gauche en voie de le devenir. Les deux pupilles étaient uniformément dilatées; mais celle de l'œil malade était moins mobile que l'autre. Les bains furent associés aux affusions, et à chaque fois l'iris des deux yeux se resserrait à un égal degré. Après la saison, la constitution était améliorée; l'œil, qui n'était qu'affaibli, avait gagné en force. Les deux pupilles étaient évidemment rétractées, comparativement à l'état où je les vis à mon premier examen.

### C. *Cas variés.*

*Sécrétions morbides de quelques muqueuses.* — De jeunes sujets affectés d'otorrhée chronique, avec lésion

plus ou moins considérable de l'audition ; par suite d'une
fièvre éruptive, ont été envoyés aux bains de mer. En
les leur conseillant, on avait en vue de fortifier leur
constitution, de combattre la disposition strumeuse à
laquelle était liée la maladie de l'oreille, et de supprimer
l'écoulement habituel, qui se montrait tantôt purulent et
fétide, tantôt sanguin-purulent. Ces divers buts ont été
remplis dans la plupart des cas. Il n'est pas besoin de dire
qu'il faut ici surtout empêcher l'eau de mer de pénétrer dans
le conduit auriculaire. La surdité augmenta dans un cas, où
le coton mal tassé en laissa pénétrer quelques gouttes.
Cette seule circonstance suffit une autre fois pour déterminer une otalgie violente.

Les circonstances qui ont accompagné l'administration
des bains de mer dans la leucorrhée, se sont observées
communément dans les écoulemens blennorrhéiques de
l'urètre, c'est-à-dire que ceux-ci augmentaient souvent de
quantité avant de disparaître en totalité. Parmi ces écoulemens, les plus faciles à guérir étaient ceux qui tenaient à
un état atonique de la constitution individuelle ; les plus
rebelles m'ont semblé être ceux qui dépendaient d'un ré-
trécissement de l'urètre traité par la cautérisation, ceux
qui tenaient à une phlegmasie chronique de l'urètre, dont
le siége était voisin du col de la vessie, et ceux qui étaient
le résultat d'infections répétées à l'infini chez des individus
vigoureux. Dans ces dernières variétés de la blennorrhée
chronique, non-seulement les bains de mer sont restés
sans action ; mais encore l'application des douches froides
sur le périnée a eu un résultat inverse de celui qu'on attendait. J'ai vu deux fois, dans des écoulemens urétraux,
l'une des glandes orchidiennes s'endolorir. La marche aug-

mentait la douleur, et causait des élancemens dans le cordon correspondant ; un peu de repos a toujours suffi pour faire disparaître cette souffrance.

*Hyperdiaphorèse.* — Un homme , primitivement robuste, était affaibli moralement et physiquement par des sueurs abondantes qui duraient depuis nombre d'années , et survenaient au moindre exercice , à la moindre émotion et par le seul travail de la digestion. Il avait épuisé une foule de traitemens ; il était résulté de cet état une vie de craintes , une grande faiblesse, beaucoup de susceptibilité nerveuse et de sensibilité aux variations atmosphériques. Il vint aux bains de mer en 1834 , et prit un certain nombre de bains chauds, après lesquels l'état diaphorétique diminua ; ce qui l'engagea à revenir à Dieppe l'année suivante. Il reprit donc l'usage des bains chauds , et soutenu par le désir de guérir, il tenta les bains froids, que je dirigeai avec circonspection. Le premier bain lui causa moins d'impression qu'il ne s'y attendait. Il en prit six avec quelque succès ; mais , par malheur, il se baigna le septième jour à marée basse , et fut frappé par la fraîcheur de l'air atmosphérique , en allant chercher la mer au loin : il eut une bronchite qui le força de revenir aux bains chauffés. Néanmoins ce baigneur partit avec une amélioration assez sensible.

Chez de telles personnes, l'administration des bains de mer doit être accompagnée de précautions extrêmes. Après les avoir fait débuter par les bains chauds à température décroissante , il faut les faire plonger un instant dans la mer et la leur faire quitter aussitôt.

*Absence de la perspiration cutanée.* — Des femmes pâles, ne transpirant jamais , et se montrant sensibles

outre mesure au refroidissement de l'atmosphère , éprou-
vaient en même temps , tantôt des phénomènes de sensibilité aux précœurs , tantôt des fluxions séreuses vers les
intestins , souvent sans cause connue. Les bains de mer
développèrent chez elles la capillarité du visage , rétabli-
rent la perméabilité de la peau aux fluides exhalatoires , et
mirent celle-ci dans des conditions propres à réagir contre
les influences atmosphériques. En même temps qu'ils agissaient en redonnant ainsi une plus grande dose de vitalité
et de résistance à la surface cutanée , les bains de mer neutralisaient les fluxions de la surface intestinale et les con-
centrations intérieures de la sensibilité nerveuse.

OBSERVATION XXII.—Une dame habituellement décolorée, d'une grande
inertie de peau, sensible au plus haut degré au refroidissement atmosphérique, sujette depuis plusieurs années aux douleurs précordiales et aux
fluxions séreuses des entrailles , vint une première année à Dieppe prendre
des bains tièdes. Le désir qu'elle avait de se baigner à la mer, et la température élevée de l'atmosphère et de la mer me déterminèrent à la laisser
aller à la mer. Elle quitta Dieppe avec la figure capillarisée, ainsi qu'avec la
surface de la peau facilement perméable à la moiteur, et plus résistante au
froid. Depuis , elle n'eut plus ses habituels dérangemens et ses douleurs
précordiales. Cette année, les bains de mer confirmèrent encore les résultats
de la précédente.

*Affections chroniques du canal digestif.* — Une dame
éprouvée par quelques chagrins , était fort pâle et tourmentée depuis long-temps par une très grande susceptibilité de l'estomac , avec constipation. Les bains améliorèrent son état. Une autre moins âgée , avait eu , depuis sa
dernière couche , une affection de l'estomac qui avait été
caractérisée du nom de *gastrite.* Il était resté de cette
maladie une coloration veineuse du nez et des joues , de
l'irrégularité menstruelle , quelque leucorrhée avant et
après ses époques , de l'inappétence , de la pesanteur gas-

trique après les repas , et une constipation opiniâtre. Le premier bain de mer fit une impression très vive ; mais il fut suivi d'une réaction exubérante. Les effets que produisirent ensuite les bains suivans furent d'activer l'appétit et la digestion et de ralentir à chaque fois la circulation centrale. Le visage s'artérialisa d'avantage et quelques injections d'eau de mer coupée de lait firent cesser l'écoulement leucorrhéique.

Les douleurs gastriques qui se font sentir à jeun sont sujettes à se réveiller par un bain trop long. Un homme plus qu'adulte , bilieux , maigre , éprouvait de l'anorexie , de la pesanteur, et des souffrances gastriques quand il avait dépassé une certaine quantité d'alimens. Des bains trop longs émoussèrent encore son appétit , et allanguirent ses digestions.

Une gastralgie avec crampes, sans rougeur de la langue, avait été contractée à la suite des Eaux de Marienbad ; elle revenait par accès qui se terminaient par de la sueur. Cette espèce de douleur gastrique diminuait par la pression extérieure , et se calmait par des cataplasmes et une infusion chaude aromatique. Les bains de mer la guérirent sans retour , et améliorèrent non moins efficacement la santé générale.

Une douleur ardente , occupant les régions sternale inférieure et épigastrique , et s'accompagnant de sensations douloureuses cursives aux membres , et de pesanteur gastrique après les repas , avait pour cause une chûte qui remontait à plusieurs années. Elle fut combattue avec succès par les bains de mer réunis aux affusions.

*Atonie musculaire générale.* — Il vint à Dieppe un baigneur touchant à la vieillesse, d'une chétive constitution, af-

faiblie encore depuis long-temps par des maladies et des traitemens spécifiques. Il présentait une faiblesse remarquable
du système musculaire des deux vies. L'œsophage et le rec-
tum étaient à demi-paralysés. L'estomac, comme organe
musculo-membraneux, était proportionnellement languissant, et de là : pesanteur digestive et éructations habituelles au malade. La bouche, les *fauces*, la trachée-artère,
étaient souvent obstruées par d'abondantes sécrétions muqueuses qui provoquaient à tousser. Tous les muscles de la
vie animale étaient dans un degré égal d'inertie ; ce qui
causait de la fatigue des membres et de la somnolence dans
la journée. Les releveurs des paupières étaient surtout inac-
tifs. L'esprit était en proie à la tristesse.

Des douches ascendantes rectales combattirent avantageusement l'inertie intestinale. Les bains de mer très
courts, malgré la faiblesse générale, furent suivis de réaction, et imprimèrent quelque capillarité au visage.
Il se développa sur le corps une éruption avec prurit
nocturne, qui dura plusieurs jours. Les premiers bains
semblèrent diminuer les muquosités buccales, donner quelques ressort aux paupières et exciter l'appétit et l'action
digestive. Mais les effets des bains suivans furent contrariés
par un dérangement accidentel des entrailles, causé par
des alimens mal préparés. Malgré ce contre-temps, la sortie du bain fut marquée par plus de force musculaire dans
la marche.

Au-delà de ces effets passagers, je n'ose espérer que les
bains de mer apporteront quelque amendement dans l'état
de ce malade, encore que la nature de son affection com-
portât rationnellement l'application de ce moyen. Ici,
l'ancienneté du mal, la constitution et l'âge du sujet se
prêtaient mal à un bénéfice réel et durable.

*Engorgemens viscéraux.* — Une dame affligée par de grands chagrins, et affectée d'obstruction du foie et de la rate, avec dysménorrhée et teint cachectique, fut envoyée à Dieppe. L'abdomen avait acquis chez elle un grand volume par la tuméfaction extrême de ces organes, que le palper appréciait avec la plus grande facilité. D'après les effets immédiats des bains de mer, qui consistent à refouler le sang de la circonférence au centre, je dus mettre, dans leur usage, autant de circonspection que possible; mais j'espérais que ces effets seraient suffisamment contrebalancés par l'antagonisme de la réaction. En effet, après dix bains, *l'habitus* extérieur s'était amélioré et les viscères malades s'étaient rétractés : diminution notable de ces organes, sensation de bien-être inaccoutumé et caractères extérieurs de la santé, tels furent les résultats que la malade obtint d'une saison complète.

*Rhumatismes chroniques ; névralgies des membres.*— Il est des rhumatismes qui se réveillent ou s'exaspèrent pendant les bains de mer. Un adulte qui avait conservé une grande tendance au refroidissement des pieds depuis une atteinte de rhumatisme, vint se baigner à Dieppe. Il fut bientôt frappé d'une douleur à l'épaule droite et aux genoux, qui le força de s'arrêter dans l'emploi des bains.

Un autre, d'une forte constitution, souffrant d'un lombago *sacré* opiniâtre, avec irradiation douloureuse vers l'un ou l'autre des nerfs sciatiques et engourdissement de la hanche et de la cuisse correspondantes, se trouva bien d'abord d'un premier bain froid ; mais le second ayant été pris par une atmosphère fraîche et humide, entraîna une douleur sacrée, avec agitation générale. Les bains suivans furent pris en outre d'une manière abusive, et la douleur fit renoncer de même à l'usage des bains.

D'un autre côté, il est de certains rhumatismes qui se trouvent bien des bains de mer, encore qu'au premier coup d'œil le contact d'un elément froid et humide, en de pareils cas, soit la cause du retour des douleurs chez les rhumatisans en général. Ces rhumatismes consistent ordinairement en douleurs vagues, qui siégent dans la continuité des membres, aux cuisses ou aux mollets, par exemple, et qui ont résisté aux Eaux thermales. Les bains de mer les améliorent presque constamment. C'est sans doute dans ces rhumatismes sans *molimen* inflammatoire, que Pringle, Buchan et d'autres encore conseillaient le bain froid ordinaire.

Des rhumatismes fibro-musculaires de l'épicrâne et du thorax, ont été guéris par la réunion des bains froids, des affusions et des douches. Deux faits surtout ont déposé en faveur de l'efficacité de ces moyens.

Il est encore des dispositions rhumatismales, propres aux adultes, qui se révèlent par un dérangement général, un état de malaise pendant l'hiver, surtout sous le climat de Paris, quand les vents humides soufflent. Ces personnes souffrent des bains de mer, quand leur durée dépasse quelques minutes, tandis que des bains courts surveillés avec attention, les rendent plus réfractaires aux conséquences atmosphériques. J'ai vu un tel individu se trouver bien d'un bain de deux minutes, et mal d'un bain de quatre à cinq; c'est qu'en effet, dans ces cas, le bain très court est suivi d'une réaction essentiellement neutralisante de l'impression momentanée du froid.

Il est venu aussi aux bains de mer un jeune homme guéri par le moxa d'un lombago avec névralgie du nerf sciatique; ce qui lui avait rendu nécessaire la restauration des forces générales.

### D. *Maladies cutanées.*

Il est habituel de voir disparaître du visage, pendant les bains de mer, ces *farines* qui sont si communes chez les personnes de tout âge et de tout sexe.

Chez une petite fille bien portante du reste, les bains de mer firent graduellement disparaître un favus qui existait à la fois sur le front et sur le nez, après avoir cessé sur le cuir chevelu.

Un jeune garçon lymphatique, couvert d'éphélides, portant depuis long-temps une éruption squammeuse derrière et au-dessus du lobule de l'oreille gauche, avec des symtômes très prononcés d'irritation gastrique, guérit parfaitement après une saison très complète : sa constitution et ses fonctions digestives s'améliorèrent aussi sensiblement.

Des plaques d'eczéma habituelles, au pli du bras gauche, se guérirent radicalement chez une jeune fille très forte.

Une mentagre disparut complétement au bout de quinze bains, chez une hémorroïdaire. Il en fut de même d'une éruption pustuleuse du visage, chez une dame lymphatique peu menstruée, et d'une *herpes squammosa* des deux mains chez un jeune homme.

Les bains de mer chauds furent appliqués aussi contre une sorte de *prurigo vulvæ*, qui tourmentait l'existence d'une personne déjà âgée.

L'expérience prouve que certaines maladies cutanées ne peuvent être supprimées légèrement. On ne doit rien craindre, lorsqu'elles ont été guéries par les bains de mer ; car leur action s'accompagne de telles modifications dans l'organisme, que les suites de cette suppression sont peu à redouter. Ce raisonnement ne s'est point présenté à Buchan, quand il a, malgré l'autorité d'Hippocrate, exclu les bains de mer du traitement des maladies de la peau.

### E. *Maladies chirurgicales.*

Des entorses qui avaient laissé subsister dans le pied une certaine faiblesse, ont été traitées avec succès par les bains de mer. D'autres entorses plus graves et plus anciennes, à la suite desquelles l'articulation du pied conservait un gonflement indolore et un empâtement comme œdémateux, qui rendaient la marche difficile et plus ou moins douloureuse, ont été traitées aussi heureusement par les bains de mer et les douches. Après quelque temps, les parties devenaient le siége d'une sensibilité inaccoutumée qui durait quelques jours, et qu'il fallait regarder comme de bon augure. Définitivement, en vertu de la tonicité que l'eau de mer communiquait à ces sortes d'engorgemens chroniques, le pied avait recouvré une partie de sa forme et de sa force à supporter la marche. Un genou sujet à un empâtement synovial et indolent, a été de même dégonflé et fortifié deux années de suite par les bains de mer.

Les douleurs locales des membres, sans changement dans leur conformation, qui provenaient d'une cause mécanique, et cette affection de la fibre musculaire des lombes et des mollets, qui a reçu le nom de *coup de fouet*, qui est si sujette à se renouveler, et qui laisse le plus

9

souvent après elle des douleurs qui se réveillent dans de certaines positions du corps, ont été modifiées par les bains, de manière que les parties lésées ne conservaient plus que de la raideur. Il y a plus : chez un baigneur que j'ai eu l'occasion de suivre jusqu'à ce jour, les coups de fouet disparurent tout à fait.

Les cicatrices minces et squammeuses qui succèdent à des déperditions de substance de la peau adhérente aux os, comme la crête du tibia, se détergèrent, changèrent d'aspect et parurent se consolider. Les cicatrices résultant d'une névrose du tibia, et qui se montrent susceptibles de devenir le siége de petits abcès se formant et se fermant d'eux-mêmes, éprouvèrent aussi une sorte de consolidation. En outre, les bains de mer améliorèrent la constitution sous l'influence de laquelle cette maladie de l'os a pris naissance. Des fistules résultant d'abcès aux testicules se sont fermées de la même manière que les ulcères fistuleux des os cariés.

Les varices des jambes, occasionnées par de longues marches, ont disparu sans retour jusqu'ici.

Un enfant affecté d'une rétraction spasmodique du muscle sterno-mastoïdien, par suite de l'ouverture d'un abcès cervical, a pris inutilement les bains de mer; résultat supposable d'avance, d'après leurs effets physiologiques sur la fibre musculaire.

## § V.

### Résultats comparatifs des Eaux minérales et des bains de mer.

Dans le cours des deux saisons précédentes, il s'est présenté à mon observation un certain nombre de maladies différentes, qui m'ont mis dans le cas d'étudier les effets comparatifs des Eaux thermales et des bains de mer. On le verra par les faits suivants :

Les Eaux de Schinznach ont fait ouvrir de nouvelles fistules à de jeunes scrophuleux, au moyen du mouvement d'expansion qu'elles provoquent dans les tissus, tandis que les bains de mer les ont fait tarir et cicatriser. D'autres scrophuleux ont séjourné inutilement à Bonnes et à Cauterets pour des fistules, qui n'ont pas résisté à une saison de Dieppe. Un paraplégique fit sans résultat un voyage à Bourbonne, fut irrité par Barèges, et sensiblement soulagé par les bains de mer. J'ai vu aussi une affection du système ganglionnaire abdominal fortement exaspérée par Plombières, et une affection gastro-hypocondriaque à laquelle Vichy avait été funeste, qui éprouvèrent une notable amélioration par les bains de mer.

Il y aurait un chapitre intéressant à faire sur les effets comparatifs des bains de mer et des bains d'Eaux thermales dans les mêmes maladies. Un grand nombre de cas prouvent tous les jours que la température froide de la mer fournit à la thérapeutique un agent sédatif précieux. Ces faits sont communs d'ailleurs aux bains de mer et aux bains domestiques froids. Sous ce dernier rapport, l'expérience n'a-t-elle pas démontré dès long-temps la fâcheuse influence des bains chauds sur la santé de femmes nerveuses ? En effet, si les bains simples, à une température plus ou moins rapprochée de celle du corps, sont convenables en général dans quelques maladies aiguës, ils sont exclus par les bons praticiens de ces maladies chroniques où le sytème nerveux finit toujours par se mettre en jeu, et remplacés alors par des bains frais et courts.

Il est certaines conditions de l'organisme où l'atmosphère des bords de la mer paraît agir aussi comme une cause morbide. Cette action m'a paru s'exercer en particulier sur ceux qui viennent à Dieppe, après avoir pris les Eaux thermales. Dans ces circonstances, la peau vient d'être mise dans un état d'expansion ; les individus viennent de vivre le plus souvent dans des vallées profondes, où l'air a peu de mouvement et beaucoup d'humidité ; ils arrivent sur les côtes où l'air est sans cesse agité. De là dérivent pour ces individus les effets nuisibles de l'air marin. M......, venant de prendre les bains de Plombières, fut saisi de suite, en arrivant à Dieppe, pendant la plus belle saison du monde, par cet air vif et froid et souffrit long-temps d'une bronchite qui ne céda que sous l'atmosphère de Paris.

Cette influence des bords de la mer est surtout marquée, si les individus quittent les bains thermaux pour venir se baigner à la mer. Une dame très nerveuse, déjà excitée par les Eaux de Néris, se baigna peu après son arrivée à Dieppe ; elle eut immédiatement une violente névralgie maxillaire et faciale. Dans des cas pareils, je ne permets aux personnes d'aller à la mer, qu'après s'être acclimatées suffisamment à l'atmosphère des côtes.

## § VI.

### Cas qui contrindiquent les bains de mer.

Il est un certain nombre de conditions dépendant de l'âge, de certaines prédispositions ou de véritables états morbides, qui rendent l'usage des bains de mer irrationnel. Ce sont : l'âge trop tendre, la vieillesse, l'état de grossesse, les dartres humides, l'apoplexie imminente, les anévrysmes internes, la goutte actuellement existante,

les affections rhumatismales aiguës, qui comprennent non-
seulement les arthrites et les douleurs fibreuses ou musculaires, mais encore quelques autres cas qu'il est souvent difficile de dénommer. Pour n'en citer qu'un, il est
des individus qui ont habituellement une sensibilité extrême à l'air froid, surtout s'il contient des particules
humides. Le soir, en toute saison, est pour eux une cause
de refroidissement incommode, et souvent de douleurs
vagues; la fréquentation des bords de la mer leur apporte
constamment ces sensations à un haut degré. Ce n'est
point là un rhumatisme localisé; mais le bain de mer, en
lui imprimant cette dernière condition, prouve qu'il y
avait, chez ces individus, du *genius* rhumatismal.

Quant à l'état de grossesse considéré comme motif
d'exclure l'application des bains de mer, voici ce que j'ai
observé. Une dame nerveuse, mais forte, n'ayant jamais eu de fausses couches, enceinte de quelques mois,
fut envoyée aux bains de mer; elle les prit avec réserve et
n'en éprouva aucun dommage. Une autre, très nerveuse,
mariée de bonne heure, ayant eu des fausses couches,
prit neuf bains de mer de suite en nageant, quoiqu'elle
fût enceinte de trois mois et demi. Après le neuvième
bain, elle eut des coliques, des douleurs lombaires; le
ventre sensible à la pression, la peau chaude et un mouvement fébrile. Il fallut deux jours de repos absolu et une
médication émolliente interne et externe, pour calmer ces
accidens.

N. B. *Intervention médicale dans l'usage des bains de
mer.*—En considérant en masse le nombre des individus,
que j'ai eu l'occasion d'observer durant le cours des deux
saisons dernières, soit d'une manière passagère, soit avec

quelque suite, en les considérant, dis-je, sous le rapport du résultat final qu'ont présenté chez eux les bains de mer, on peut les diviser en trois classes :

1° Chez le plus grand nombre, les dérangemens de la santé ont guéri, ou se sont amendés plus ou moins complétement ;

2° Quelques-uns n'ont retiré aucun soulagement ;

3° Quelques autres (ce qui a été la cas le plus rare) ont ressenti des effets nuisibles.

A une ou deux exceptions près, les individus composant les deux dernières divisions, n'avaient point eu recours à un homme de l'art dans l'emploi des bains de mer. Ceux qui ont souffert de cet emploi, lui ont souvent attribué ce qui était le fait de l'application peu judicieuse du moyen. Sans parler de certains motifs, dont je ne m'établis point le juge, tous se sont dirigés d'après une opinion fausse, laquelle consiste à croire que l'eau de mer est toute aussi innocente que l'eau commune, et qu'on peut suivre dans son usage les inspirations aveugles de son instinct ou de son jugement. Au lieu de cela, leur susceptibilité particulière et la nature de leurs maladies exigeaient souvent qu'ils fussent suivis, et que les règles de leur conduite leur fussent dictées avec le soin qu'on apporte à doser et à étudier les effets d'un médicament énergique.

Telles sont, j'en reste persuadé après deux saisons passées à Dieppe, les causes principales auxquelles beaucoup de baigneurs ont dû les résultats négatifs ou pernicieux qu'ils ont retirés de leur voyage. Buchan disait déjà de son temps : « Parmi les personnes qui se rendent sur les

» côtes, l'usage ne prévaut que trop de se jeter indistinc-
» tement dans l'eau, et il paraît qu'on doit faire son pos-
» sible pour arrêter cet abus.

Il est impossible à qui demande aux bains de mer la
guérison d'un mal, de parvenir à ce but sans l'intervention
médicale. Certainement les organisations fortes peuvent
marcher d'après elles-mêmes; mais toutes les personnes
nerveuses, toutes celles surtout qui apportent à Dieppe
quelque irritation du col utérin, soit à l'état d'engorgement *actif*, soit comme une des conséquences de la cautérisation, seront victimes assurément d'une aveugle confiance en leurs propres lumières.

Si l'art ne peut toujours rendre salutaire l'usage des
bains de mer, il peut toujours le diriger sans nuire. Il
suffit qu'il sache choisir, parmi les nombreuses modifications dont ces moyens sont susceptibles, celle qui sera le
mieux adaptée à la nature de l'individu. Ces modifications
varient, non-seulement d'après la constitution, d'après la
nature des maladies et d'après la foule des circonstances
qui ont été signalées dans ce travail; mais elles ne sont
pas les mêmes non plus chez la même personne dans le
cours d'une saison ou d'une année à l'autre. Des baigneurs
avaient déjà fréquenté une ou deux fois les bains de Dieppe;
ils s'étaient baignés fructueusement, avec ou sans direction médicale. En 1834 ou 1835, ils ont pratiqué la mer,
d'après les données que la médecine ou leur expérience
leur avaient fournies. Eh bien! les conditions de leur organisme avaient changé. L'art a été obligé de modifier
chez eux l'application des bains de mer.

Ce qui précède peut se résumer en disant que l'intervention médicale est indispensablement nécessaire dans l'emploi des bains de mer. Ici, je le sais, je touche à une matière délicate, où se trouvent confondus les intérêts de l'humanité et de la science, et ceux du médecin inspecteur ; mais sur cette question, comme sur toute autre semblable, qui sera particulière à ma position, je ne craindrai pas d'aborder franchement ce qui sera à mon avis la *vérité.*

# TROISIÈME PARTIE.

## § Iᵉʳ.

Effets hygiéniques et thérapeutiques des bains de mer sur les fonctions de l'Organisme.

Après avoir exposé les effets thérapeutiques et hygiéniques des bains de mer dans les cas précédens, j'en ferai le résumé général en les étudiant sur chacune des fonctions, chez les individus qui en ont fourni la liste.

Sous l'influence des bains de mer :

1° Les forces générales se sont augmentées dans une notable proportion, comme on l'a vu chez les convalescens et dans les maladies qui ont porté atteinte à l'organisme en le jetant dans l'asthénie.

2° Les individus amaigris à la suite d'un accroissement trop rapide ou d'une madie grave, ont acquis un état notable d'embonpoint et de développement des muscles. Ceux qui présentaient, au contraire, une nutrition normale, mais un peu exubérante, s'amoindrissaient sensiblement; la plupart des enfans grandissaient. Ces deux faits prouvaient que l'assimilation était devenue plus active. L'accroissement du corps en longueur était surtout sensible chez ceux où il avait été retardé par la maladie. Ce phénomène est la cause principale de la diminution des saillies osseuses, chez ceux où cette conformation est l'expression symptômatique d'un état morbide. Au phénomène de l'accroissement du corps, se rattache sans doute celui de la tendance que présentaient les parties externes, détruites ou altérées dans leur continuité, à se reproduire ou à se cicatriser.

3° Les fonctions de l'estomac acquéraient le plus souvent de l'énergie; ses besoins étaient plus impérieux et se renouvelaient plus souvent, surtout chez les jeunes sujets. Le travail de la digestion était plus facile et plus prompt; quelquefois, au contraire, l'appétit restait languissant, ou bien d'actif qu'il était habituellement, il s'émoussait sensiblement. Ce résultat arrivait même chez quelques personnes par le fait seul du séjour sur les bords de la mer. Elles devenaient inappétentes, offraient une teinte jaunâtre autour des lèvres et des ailes du nez, se plaignaient d'un mauvais goût de la bouche, avaient une odeur bilieuse de l'haleine et une certaine blancheur de la langue, et présentaient même un mouvement fébrile accompagné d'un état de malaise général. C'était le cas alors d'administrer un laxatif, qui ne manquait jamais de réveiller l'énergie des facultés digestives. Ce fait semble n'avoir pas échappé aux Anglais; car ils ont l'habitude de débuter dans la pratique des bains de mer, par une dose de sel purgatif.

La constipation, qui était si habituelle aux bains de mer, quel que fût l'état des fonctions intestinales sous ce rapport en y arrivant, ne prouvait pas langueur dans les organes de la défécation, mais seulement diminution dans les sécrétions folliculaires qui aident au dernier acte de cette fonction : ce qui le prouve, c'est qu'il a été commun de voir des personnes constipées de longue date, recouvrer la régularité et les autres conditions normales des évacuations alvines.

Voici en général comment agissent les bains de mer sur les fonctions excrémentielles des intestins :

Chez le plus grand nombre de baigneurs , ils produisent la constipation pendant toute la durée de la saison. Parmi eux , il en est chez lesquels un lavement d'eau de mer suffit à faire disparaître cette constipation pendant plusieurs jours , et même quelquefois à donner lieu à des selles liquides et plus copieuses qu'à l'ordinaire.

Quelques baigneurs sont *dévoyés* sans coliques; d'autres sont débarrassés de leurs diarrhées habituelles.

Chez des personnes constipées, les bains de mer régularisent quotidiennement les garde-robes.

Enfin , il est un petit nombre d'individus, chez lesquels les bains de mer n'apportent aucun changement sous ce rapport.

Il m'a semblé pourtant que , sous le rapport de la fonction de la défécation , les bains de mer n'avaient pas agi pendant la saison de 1835, comme l'année précédente. La constipation a été moins commune parmi les baigneurs; les diarrhées se sont montrées plus souvent. Faut-il attribuer cette différence aux inégalités de température de la mer et de l'atmosphère, qui ont été observées entre ces deux années.

4° Toutes les sécrétions normales ou morbides tendaient à diminuer de quantité, comme on l'a vu dans les flux intestinaux , les blennorrhées , les leucorrhées , les otorrhées, et les écoulemens de la muqueuse de Schneider. Si l'organe à la surface duquel ces fluides sécrétés s'épanchent, recevait une excitation trop grande, au lieu de se tarir, ils devenaient plus abondantes.

Les sécrétions extérieures, comme celles des glandes meïbomiennes, disparaissaient aussi; les sécrétions accidentelles d'ulcères fistuleux s'épaississaient avant de cesser entièrement.

Les sécrétions viscérales ne paraissaient pas offrir ces modifications importantes qui fournissent matière aux applications pratiques. L'urine était souvent rouge, rarement abondante, comme dans le simple bain de rivière. Le raisonnement permet de penser que le foie a ralenti son action sécrétoire, comme le prouvent la prédominance sanguine qu'acquièrent l'économie et la constipation qui est l'état opposé du flux bilieux.

5° La diminution du volume du corps chez les femmes lymphatiques et douées d'embonpoint, prouvait l'énergie qu'acquérait l'absorption interstitielle. D'autres preuves de ce genre étaient fournies par la rétraction des engorgemens chroniques des tonsilles, par la disparition des glandes lymphatiques internes et externes, par la résorption des œdèmes cellulaires chez les aménorrhéiques, enfin par la détuméfaction des parties molles des articulations malades.

6° Sanctorius avait déjà observé que la transpiration était plus abondante après les bains froids. Après les bains de mer, l'exhalation cutanée augmentait dans ses proportions, reparaissait quand elle avait cessé, et se modérait ou se supprimait, quand elle était habituellement exubérante. Ce dernier cas devint une fois l'occasion de quelques accidens. Cet afflux des liquides exhalés vers la péri-

phérie, fit disparaître les altérations légères de l'épiderme,
telles que les écailles furfuracées et les squammes des cicatrices, etc.

C'est par l'exagération des fonctions exhalatoires de la
peau, qu'il faut expliquer en partie l'action des bains de
mer dans les variétés du principe *rhumatismal*. En effet,
la vive réaction dont la peau est le siége après chaque bain,
et par suite, la résistance plus grande que cette membrane
oppose aux intempéries atmosphériques, sont les deux élémens d'action, desquels il faut attendre la guérison des
rhumatisans.

L'absorption cutanée subissait-elle des modifications
analogues, après l'immersion répétée du corps dans l'eau
de mer ? Les effets primitifs de la température froide sur la
surface de la peau, tendent évidemment à suspendre d'abord
cette fonction, aussi bien que l'exhalation. Mais la faculté
absorbante de l'enveloppe cutanée recouvre-t-elle quelque énergie avant et après les phénomènes réactifs ? C'est
là une question qu'il est difficile de décider. Il faudrait
une série d'expériences pour déterminer jusqu'à quel point
l'absorption de la peau s'exerce sur le liquide ambiant, et
d'autres expériences pour savoir, autrement que par induc-
tion, si, après le bain, cette absorption s'exalte dans une
proportion équivalente à celle de l'exhalation.

Le raisonnement prouve que l'exhalation pulmonaire devenait plus active, pendant le temps du bain du moins, à
cause du reflux du sang vers les vaisseaux pulmonaires, phénomène qui produisait l'accélération des mouvemens respi-
ratoires. C'est ainsi qu'on doit concevoir, dans ces circonstances, la sur-activité de l'exhalation pulmonaire, laquelle

devenait pour l'organisme, un moyen de réaction contre la soustraction du calorique que subissait la surface du corps.

7° La chaleur extérieure tombait sensiblement au jugement des sens de l'observateur, tandis qu'elle paraissait plus élevée, d'après la sensation de celui qui s'était baigné. Les organes intérieurs ayant une température fixe, il n'est pas permis de supposer qu'elle ait subi des modifications analogues. Pourtant, il est, entre la périphérie et les sensations internes, des actions congénères, corrélatives, qu'il est journalier de constater par l'observation. Ne peut-on pas dire que sous le rapport de la calorification, comme sous celui de la sensibilité et des fonctions vasculaires, les divers états normaux ou anormaux de l'une se répètent plus ou moins dans les autres?

8° Après le bain, tantôt le pouls s'accélère, tantôt il se ralentit. Je n'ai pas toujours pu saisir la cause de cette différence; mais il m'a semblé quelquefois que le premier cas arrivait aux gens irritables, et le second aux organisations robustes.

Quoi qu'il en soit, chaque fois qu'une chlorotique sort du bain de mer, son pouls est considérablement ralenti. La circulation centrale est donc ainsi modifiée, tandis que la circulation périphérique, la circulation des capillaires cutanés, augmente de vitesse. De ce dernier phénomène dépendait le développement de la vascularité du visage, l'injection des conjonctives, l'aspect brillant de la cornée, la réapparition des hémorrhoïdes, le *molimen* menstruel, etc. Quand ( ce qui était rare à observer ) cette expansion superficielle du sang ne s'opérait pas, il y avait pâleur et décoloration de l'enveloppe cutanée, congestion, stase ou activité du sang intérieur, et bientôt nécessité de s'arrêter dans l'usage du bain de mer.

Cette vascularité artificielle de la superficie et ce ralen - tissement de l'organe central de la circulation, combattaient avantageusement, chez quelques individus sanguins, les accidens qui leur étaient ordinaires et qui les rendaient tributaires de la saignée, tels que la vultuosité et la projection du sang vers la tête. En effet, on voyait leurs traits tomber, s'amaigrir sensiblement; leur teint se nétoyer et s'éclaircir.

Ces phénomènes momentanés neutralisaient aussi, quoique moins puissamment, les congestions céphaliques qui sont la conséquence ou la cause de divers états du cerveau. Ces mêmes phénomènes enfin, auxquels il faut ajouter l'eau salée agissant comme résolutif, rendaient raison de la curation prompte des congestions ou phlogoses locales de la périphérie, telles que les ophtalmies oculaires et palpébrales des scrophuleux.

Le sang n'était pas seulement modifié dans sa répartition, il l'était encore dans les divers phénomènes de sa production, de son hématose enfin, sous le rapport de sa quantité, de ses caractères physiques et aussi de ses conditions vitales. L'action des bains de mer sous ce point de vue, créait une sorte de tempérament sanguin, comme on le voyait dans la chlorose et l'anémie.

S'il est vrai que les scrophules consistent dans une hématose incomplète ou viciée, qui amène une nutrition de mauvaise nature, si, en d'autres termes, il est vrai que, dans ces cas cette fonction lésée dans ses matériaux, a fini par entraîner nécessairement les désordres organiques qui caractérisent la maladie, celle-ci se guérira,

quand la constitution recevra des élémens nutritifs convenablement élaborés. Cette dernière condition a été sen-
tie par tous les praticiens et par Bordeu en particulier.
Les Docteurs Fournier et Bégin font consister la tâche du
médecin qui traite les scrophuleux, « à rétablir l'équilibre
« et à faire recouvrer au système sanguin la prépondérance
« d'action qu'il a perdue... » L'action des bains de mer
vérifie merveilleusement cette explication de la cause prochaine de la maladie scrophuleuse. En effet, les signes qui
précèdent l'amélioration des désordres locaux après les
bains de mer, consistent toujours dans une série de phénomènes, qui prouvent que le sang mieux élaboré est devenu plus abondant en matériaux rouges, et que l'appareil
sanguin a recouvré une certaine prépondérance sur le système lymphatique.

L'observation démontre que, pendant l'hiver, les pou-
mons absorbent plus d'oxygène. M. Edwards a prouvé
également que la faculté de produire de la chaleur est
beaucoup plus grande en hiver qu'en été, et qu'il existe
un rapport constant entre la quantité d'oxygène absorbée
dans la respiration et la chaleur produite. Ne se passe-t-il
pas quelque chose de semblable pendant l'usage des bains
de mer, et ne pourrait-on pas expliquer de cette manière
l'intensité de l'hématose, qui s'observe alors chez la plupart des individus ?

Le mode d'action des bains de mer sur le système vasculaire central et périphérique, rend raison de leur efficacité dans ces états en apparence si opposés qu'on observe chez les femmes, soit qu'elles aient des règles trop
abondantes, soit que la menstruation offre chez elles des
conditions tout contraires.

Cet état nouveau du système sanguin amenait aussi parfois ces pyrexies subites et éphémères, qui se jugeaient ordinairement par une sueur copieuse, et qui ont été spécialement observées chez les enfans fleuris et chez les
hypocondriaques congestionnés de la tête.

9° Quand le système nerveux de la vie organique, dans
sa généralité ou dans l'une de ses parties, était exalté par la
douleur, et quand cette douleur ne coïncidait pas avec une
altération de texture dans un organe, elle était calmée,
comme on l'a vu dans les gastralgies ; elle subissait les
effets d'une véritable sédation. Elle pouvait augmenter, au
contraire, ou se réveiller quand elle était assoupie, si l'organe dans la contexture duquel entre l'élément nerveux,
était excité au-delà de certaines limites, soit par l'application irrationnelle de l'agent sédatif, soit par une lésion où
se faisait actuellement un travail morbide de nature fluxionnaire, ainsi que le prouvaient les souffrances hystériques coïncidant avec un état fluxionnaire du col utérin.

Le système nerveux central de la vie animale échappait
davantage à cette action sédative. Aussi ses fonctions
étaient-elles sujettes à s'exalter, comme on l'a vu chez les
enfans, en particulier pendant le sommeil de la nuit.
Cette excitabilité se montrait encore, mais avec un mode
avantageux du moins, chez les paraplégiques, où elle se
manifestait par des secousses tétaniques aux membres.

C'est ici l'occasion de rechercher ce qui arrive aux membres paralysés soumis à l'action des bains de mer. Qu'ils
aient subi une simple lésion de leurs fonctions nerveuses
ou une altération dans la texture des centres nerveux, les
bains agissent de la même manière. Les muscles, privés

10

d'influx nerveux, sont rappelés à quelque mouvement. L'inertie en avait amoindri le volume, l'activité le leur rend en partie. La peau était privée d'innervation, elle rentre quelque peu sous l'empire de cette fonction. Les fonctions nutritives des membres et les fonctions sécrétoires de la peau se faisaient moins activement, comme le prouvait la diminution du volume des organes, la difficulté de rubéfier et de faire transpirer l'enveloppe cutanée; les bains de mer rendaient jusqu'à un certain point ces fonctions à un rhytme plus normal.

On voit que, dans ces cas, le mode d'action des bains de mer est un phénomène complexe, dont il est difficile de déterminer exactement tous les élémens. Ce qu'il nous est donné de savoir, c'est que le froid est l'élément qui réveille la sensibilité nerveuse, et qui, par l'excitation du système périphérique, retentit jusqu'aux nerfs centraux des membres, d'après des lois physiologiques bien connues. Cette expression de *fortifiant* du système nerveux, qu'on retrouve si souvent chez les auteurs qui ont parlé des bains froids, renferme une idée juste et mérite d'être réhabilitée dans le langage moderne.

Les appareils superficiels de ce système nerveux sont éminemment passibles de l'influence de l'agent sédatif, comme on l'a vu dans les névralgies de la face, de l'épicrâne, etc. Opposons ici ces effets sédatifs des bains dans les différentes affections du système nerveux ganglionnaire ou périphérique, aux effets d'excitation qu'éprouvent le plus souvent les personnes affectées de névrose, qui ont été envoyées aux différentes Eaux thermales, même à celles qui jouissent de la réputation d'être calmantes. Toutes les années, Dieppe voit de ces personnes qui ont fréquenté inutilement ou même à leur dommage, les Eaux de Saint-Sauveur, de Néris, etc., et que l'action du bain froid soulage ou guérit.

L'état moral présente dans ses actes les mêmes phénomènes d'expansion, qui caractérisent l'état physique. Rien de plus commun que de voir les personnes préoccupées mélancoliquement de leurs souffrances, devenir pleines d'espoir et de gaîté. Cette espèce de rayonnement de l'état moral, qui se traduit au-dehors sous la forme d'une expression de vie, peut aller jusqu'à l'excitation : celle-ci est exempte d'inconvéniens.

10° Si la fibre musculaire qui est sous la dépendance des nerfs intérieurs, était ralentie dans son action, celle qui était au service de la vie de relation, récevait, au contraire, un surcroît de vie; dans la paralysie, les muscles sortaient de leur inertie ordinaire. Comme auxiliaires de certains actes de la vie organique, ceux-ci recouvraient la part d'action qu'une cause de débilitation leur avait fait perdre. Exemple : les incontinences d'urine par le relâchement du col vésical.

Les autres organes contractiles qui rentrent dans l'appareil de la vie extérieure, acquéraient aussi un degré d'action : tel était l'iris dans l'amaurose.

Les organes non musculaires, ni contractiles, récupéraient la tonicité nécessaire à l'accomplissement de leurs fonctions, comme on le voyait dans les lésions de position de l'utérus.

11° Les organes reproducteurs participaient à l'excitation générale, non-seulement par leurs phénomènes extérieurs; mais encore dans les actes les plus intimes de leurs fonctions. Au sujet des actes extérieurs des organes générateurs chez les hommes, il y avait dans les influences qu'ils recevaient des bains de mer une grande différence à observer, selon la constitution des baigneurs. Chez les adultes bien-portans, la super-excitation génitale était constante; chez les individus du même âge, qui étaient nerveux, maigres, il n'était pas rare d'observer un état opposé; j'ai constaté deux fois ce dernier fait. Dans l'un de ces cas, le bain de mer était en même temps suivi de palpitations marquées.

## § II.

Coup d'œil sur les élémens et le mode d'action de l'Eau de Mer.

Les conditions du *modus agendi* des bains de mer, ne sont point inaccessibles à l'examen. Sans sortir des voies rigoureuses du raisonnement, on peut arriver à déterminer la plupart d'entre elles. La certitude des résultats qui peuvent être fournis par cette étude, provient à la fois de la connaissance que nous avons des propriétés physiques et chimiques de l'eau de mer, ainsi que de son mode d'application à la surface du corps.

Si on voulait entreprendre cette tâche, on rechercherait quelle est l'action isolée de chacune de ces propriétés, des élémens chimiques, de la température, de la densité et des mouvemens; on constaterait la prédominance d'actions des deux premières et on combinerait ces actions partielles, pour s'élever de là à l'appréciation des effets généraux et définitifs.

1° L'eau de mer a une température qui arrive rarement à la moitié de la température humaine. Cette température est la condition du froid, la cause de l'impression première qu'éprouve le baigneur, et qui s'accompagne d'une sorte de crispation des tissus extérieurs et de certains phénomènes de la vie intérieure. La propriété qui ressort de ce caractère de l'eau de mer, s'exerce la première sur lui, c'est le *froid* modifié différemment, selon qu'il est instantané, comme dans l'immersion et l'affusion totale et prompte, ou selon qu'il est lentement communiqué, comme dans l'immersion progressive et partielle.

Le fait de l'impression du froid exprime un phénomène incontestable, c'est que l'agent qui en est le véhicule, enlève au corps, dès le moment et aussi long-temps qu'il s'exerce, une plus ou moins grande quantité de calorique.

Cette soustraction du principe de la chaleur humaine, modérée et courte, comme dans l'occasion présente, a pour effet d'engourdir la sensibilité nerveuse de la périphérie, de chasser le sang des organes superficiels et de suspendre les fonctions des exhalans cutanés.

La brièveté de durée étant la condition habituelle de ces pertes de calorique, l'organisme qui vient de les éprouver, rentre sous l'empire des lois vitales : de là viennent les phénomènes de la réaction. La réaction n'est autre chose que l'exercice de cette faculté élastique, que possède la vie en général et tout acte vital en particulier, de rentrer dans la voie normale, dont il sont sortis par une cause prompte et surtout momentanée. Une circonstance de cette élasticité réactive, c'est qu'elle dépasse toujours le but qu'elle est destinée à remplir; le sang reflue vers la circonférence avec plus d'abondance qu'il ne s'y trouvait à son point de départ, et augmente tous les actes fonctionnels qui ressortent de lui : de là l'insensibilité de la surface cutanée à l'air extérieur, malgré la soustraction nouvelle de calorique opérée par l'évaporation de la couche humide qui la couvre, et plus tard sa *sanguinité* et sa perspiration surabondantes.

L'action nerveuse de la surface cutanée avait été paralysée par la soustraction du calorique ; que se passe-t-il alors que la perte de ce principe a cessé et que la vie déborde du centre à la circonférence? Est-ce que la sensibilité nerveuse se montre douée, dans ce cas, d'une faculté analogue à celle du système vasculaire et exhalant?

Quand le corps a cessé de perdre du calorique, voici ce qu'on observe sous ces deux rapports :

Les nerfs de la périphérie sortent en partie de leur stupeur ; mais ils n'offrent rien qui ressemble à cette réactivité qui déborde dans les autres élémens organiques. Les phénomènes sédatifs, au contraire, se maintiennent, comme le prouvent à la fois l'espèce d'insensibilité que la surface cutanée offre au contact des corps extérieurs, et la disparition de l'élément *douleur* dans les portions du système nerveux, dont la sensibilité était exaltée jusqu'à la maladie.

Telle est la série des changemens qu'éprouve l'organisme, sous l'influence de la température du bain de mer.

Cet élément du froid se retrouve appliqué comme un moyen d'éducation, jusque dans l'antiquité grecque ; et depuis, les mœurs et les coutumes des civilisations plus modernes ont constaté son efficacité, pour entretenir la vigueur des corps et pour guérir une foule de maladies. Depuis longtemps la pratique médicale avait donc considéré le bain froid, non-seulement comme un moyen tonique, mais encore comme un moyen propre à favoriser la transpiration et les sécrétions, et par conséquent à prévenir et à guérir plusieurs maladies. Dans des temps plus rapprochés, c'est le froid qui a fourni l'agent hygiénique et thérapeutique, quand la médecine a prescri le bain de rivière, le bain domestique à basse température, les affusions locales ou générales, les immersions continues, etc. Tout récemment, ce puissant modificateur a été mis en usage sous forme d'irrigations continues, à la fois comme un moyen sédatif et comme un moyen antagoniste de l'hypéremie locale, dans des cas de fractures comminutives, de vastes et profondes inflammations phlegmoneuses, de graves panaris, etc. Les succès de ces premières expériences semblent promettre à la thérapeutique chirurgicale des ressources précieuses.

Enfin tout prouve que les bains de mer sont destinés à fournir une thérapeutique nouvelle, sous le rapport du froid et des autres élémens qui en font des modificateurs si puissans.

2° L'eau de mer, comme composé salin, agit sur la peau dès le commencement de l'immersion du corps, comme le prouvent les sensations de quelques individus; mais le plus souvent son action n'est sensible, pour celui qui l'éprouve et pour l'observateur, qu'au moment de la réaction. C'est alors seulement que les effets de l'eau salée se manifestent; à ce moment, les Docteurs Buchan et Currie ont constaté la vive stimulation des vaisseaux de la peau par le fait des particules salines. La part qui revient à celles-ci dans les phénomènes réactifs est sans doute difficile à faire rigoureusement; mais on peut admettre, sans trop hasarder, qu'ils en augmentent l'intensité et la durée. Les picotemens,

les cuissons et les caractères variés de chaleur qu'on voit se
borner à une partie ou s'étendre à la totalité de la surface
cutanée, leur appartiennent évidemment. Les particules
salines réclament encore la meilleure part de causalité dans
ces éruptions qu'il est si commun d'observer chez les baigneurs, et on doit leur attribuer exclusivement ces modifications que subissent chez eux les produits exhalatoires
de la peau, telles que l'onctuosité de celle-ci chez les uns,
et sa rudesse chez les autres.

Quels sont les effets des élémens salins de l'eau de mer
sur l'appareil nerveux de la peau? On a déjà vu ces effets
marqués par des sensations particulières pendant le temps
de la réaction. Mais il est d'autres phénomènes moins immédiats qui en dépendent; tels sont l'agitation du sommeil ou l'insomnie, l'excitation générale, les crampes
gastriques ou utérines, etc.; et ces faits physiologiques
sont les résultats naturels de l'action première et le plus
souvent inaperçue des principes salins de l'eau de mer
sur les papilles cutanées. Ils ne sont que la mise en jeu
d'une loi particulière aux fonctions de la sensibilité. En
effet, des exemples journaliers établissent qu'une stimulation exercée sur l'appareil périphérique de l'innervation,
est ressentie comme un contre-coup par les fonctions nerveuses des organes centraux, de ceux surtout qui y sont
prédisposés par certaines conditions originelles ou acquises.

Telle est l'explication qui me semble la plus rationnelle
relativement au mode d'excitation générale qui est propre
au bain de mer.

3° La densité du liquide salin a des effets bien moins
puissans sur l'organe cutanée, que les élémens d'action qui

viennent d'être étudiés ; son *modus agendi* est entièrement
mécanique. Le corps plongé dans un milieu beaucoup plus
dense que l'air, en est comprimé de toutes parts. On connaît
ce qui se passe dans les cas d'une compression permanente
d'une partie isolée. Il est impossible de méconnaître que
des effets du même genre sont passagèrement produits par
le seul fait de la densité du bain de mer. Le corps en sort
aminci, non-seulement par la contraction de la peau, mais
encore par l'effet du poids du liquide ambiant. Il arrive ici
le phénomène inverse de celui qui serait produit, si on
soustrayait le corps entier à la compression atmosphérique.
Que se passe-t-il par l'effet de cette compression ? Les parties diminuent de volume, parce que les solides s'affaissent
en vertu de leur compressibilité, et parce que les liquides
sont repoussés des canaux vasculaires superficiels qui les
contiennent ; les parties engorgées subissent les mêmes
effets ; celles qui sont molles, à un degré beaucoup plus prolongé ; et comme en général leur volume est dû surtout à
l'accumulation des liquides, il arrive que l'effet de la
compression sur elles doit être plus marqué. Aussi certains engorgemens sont amoindris d'une manière sensible
après chaque bain. On conçoit l'action d'une compression
même passagère sur les engorgemens : cette action leur
enlève à chaque fois un de leurs élémens matériels, et
ouvre ainsi une voie à la force médicatrice. Ainsi le *modus
agendi* mécanique de la densité de l'eau de mer, se confond
avec celui du froid, pour diminuer le volume des membres
et celui des parties engorgées. Il est aussi son congénère,
ainsi que le neutralisant de celui des élémens salins ; car
une compression ménagée engourdit la sensibilité des nerfs
superficiels.

4° Les mouvemens de l'eau de mer s'exercent sur le

corps d'une manière tout aussi mécanique que sa densité. Ils consistent en des percussions, des chocs, des frottemens, des secousses, dont les degrés d'intensité sont très variés. Que se passe-t-il au moment où la surface du corps est soumise à l'action des vagues? En premier lieu, celles-ci, en renouvelant l'eau d'une manière incessante à la surface du corps, doivent favoriser la soustraction du calorique; en second lieu, il faut faire une grande distinction entre les effets de l'intensité la plus faible de cette action et ceux de son intensité la plus forte, et dans chacune de ces circonstances particulières, entre l'organisme simplement altéré dans son ensemble ou faiblement troublé dans quelques-unes de ses fonctions intérieures, et l'organisme où des organes superficiels ou profonds sont gravement malades.

Les secousses trop fortes de la mer agissent à la manière d'un exercice trop violent, sur les corps débilités ou trop jeunes; elles leur causent un sentiment de lassitude qui peut aller jusqu'à la courbature. Par cette condition, elles sont applicables dans quelques cas particuliers aux corps robustes.

Les chocs trop violens développent, en outre, de la douleur à la manière des lésions extérieures, dans les parties profondément altérées dans leur texture ou déjà exaltées dans leur sensibilité. On voit, chez les femmes faibles, la vague trop forte produire en alourdissant la tête et en courbaturant le corps, cet état particulier qui appartient à l'influence sympathique du cerveau sur le système innervateur de l'estomac. Il leur semble que cet organe va se soulever, comme dans un degré léger de nausée. Pour faire disparaître cet état, s'il persiste plusieurs jours de suite, il suffit d'ingérer un liquide chaud alcoholisé.

Les vagues trop fortes donnent aussi des douleurs pectorales à ceux dont le thorax est étroit, s'ils n'ont pas le soin
de présenter au choc la partie postérieure du tronc.

Les percussions modérées sont un exercice salutaire.
Les muscles se contractent dans un degré proportionnel,
pour mettre le corps en état d'y résister sans être renversé.
Cette condition du corps est une véritable et fructueuse
gymnastique. Cet état moyen des vagues est encore une
sorte de massage pour les parties superficielles engorgées,
et concourt à en engourdir la sensibilité. Comme les frictions humides, il sollicite les organes d'inhalation de la
peau.

Ainsi, les mouvemens de l'eau de mer, à un degré prononcé, excitent la sensibilité nerveuse, comme ses principes salins; mais à un degré plus faible, ils agissent sur
elle comme le froid; et relativement à l'augmentation des
fonctions cutanées, son *modus agendi* ressemble à celui
de tous les deux.

Telle est l'action isolée de chacune des propriétés physiques et chimiques des bains de mer.

A. On l'a vu, la température basse de la mer donne lieu
à la contraction de certains tissus, à l'engourdissement de
la sensibilité nerveuse, à la concentration des liquides à
l'intérieur, à la suspension de l'exhalation cutanée, et
subséquemment aux phénomènes de la réaction, lesquels
ne sont autre chose que le retour impétueux des liquides
vers la périphérie, avec persistance des effets sédatifs
qu'ont éprouvés les nerfs superficiels.

B. La composition saline de l'eau de mer agit obscuré-
ment au moment de sa première impression; mais son

mode d'action est d'accroître plus tard l'énergie et la durée de la faculté réactive, de servir à développer la variété des sensations et des éruptions cutanées qui accompagnent l'exercice de cette faculté, et d'exciter par contre-coup les fonctions nerveuses des organes les plus impressionnables.

C. La densité amincit les solides en les comprimant, refoule mécaniquement les liquides et engourdit la sensibilité des nerfs superficiels.

D. Les mouvemens produisent les effets de l'exercice et du massage, sollicitent l'absorption des parties voisines de la superficie et engourdissent leur sensibilité.

Quelle est la résultante générale de ces actions répétées sur l'organisme et ses différens modes pathologiques, après le nombre de fois ou de bains qui composent une ou deux saisons?

Trois effets principaux se manifestent ordinairement après les bains de mer; ce sont:

1° L'augmentation de la contractilité dans les parties qui sont susceptibles de l'exercer;

2° L'activité de l'assimilation, des absorptions internes et externes et de l'exhalation cutanée;

3° La sédation des fonctions nerveuses dans la plupart des cas, et leur excitation dans quelques circonstances particulières où cette excitation leur est dévolue déjà naturellement ou accidentellement.

Tous les phénomènes qui ressortent de la tonicité contractile imprimée aux organes par les bains de mer, dépendent de leur action réfrigérante et tonique.

Tous les phénomènes de sur-action des fonctions nutritives, l'exhalation des muqueuses exceptée, laquelle est

diminuée et contrebalancée par la sur-action antagoniste
de la peau, sont dus aux oscillations des liquides et surtout du liquide sanguin, qui ont lieu de la périphérie au
centre, et *vice versâ*. En effet, dans ces mouvemens alter-
natifs imprimés au sang dans des limitées données, les viscères qui sont le siége d'une stase sanguine, doivent se
débarrasser d'une partie de ce fluide, et les fonctions nutritives et surtout celles de la peau, qui s'exercent sur des
matériaux fournis par lui, doivent acquérir un rhytme plus
élevé et plus normal.

Cette activité de la circulation capillaire et des phénomènes fonctionnels qui en dépendent, rend raison de la
plupart des effets hygiéniques et thérapeutiques qu'on observe après l'usage des bains de mer. L'hyper-action assi-
milatrice qu'ils amènent, est la cause qui modifie si puissamment la constitution originelle ou acquise ( ἀσθένεια,
selon l'appellation si philosophique de la médecine grecque) des enfans débiles, atardés, étiolés, en proie à ces
conditions organiques qui les prédisposent ou les ont menés
déjà aux scrophules de toutes les formes et au rachitisme de
tous les degrés. Cette stimulation fonctionnelle est encore
la cause qui fait réagir les individus anémiques contre les
influences atmosphériques; qui entraîne avec l'aide de la
compression la disparition des engorgemens de toutes sortes,
en exaltant le rhytme de l'absorption interstitielle, laquelle
s'augmente encore des effets du mouvement de l'eau de mer.

L'influence sédative des bains de mer sur le système nerveux, s'explique par ces liens sympathiques qui existent entre ses diverses parties, et surtout entre l'appareil périphérique et l'appareil central des deux vies. Le cas où l'effet
contraire à ce *modus agendi* se manifeste, est de beaucoup

le plus rare, et provient souvent de ce que l'application du moyen de sédation a dépassé les limites rationnelles tra-cées par l'âge, la constitution ou la maladie des individus. Dans ces circonstances d'ailleurs, la récrudescence de l'é-lément *douleur* n'a pas de durée le plus souvent et fait place à la *sédation*. C'est là l'application de cette loi thé-rapeutique qui établit, qu'un moyen d'excitation ajouté aux organes déjà souffrans, finit par atténuer leur souffrance en substituant une impression à une autre, en changeant leur mode de sentir.

La sedation du système nerveux est mise en évidence dans les névroses superficielles et profondes. Elle contribue pour sa part à faire réagir la peau des névropathiques contre les états de l'atmosphère, en lui enlevant de sa sus-ceptibilité. Elle explique le ralentissement du cœur et de la circulation, que les mouvemens du sang capillaire sem-bleraient devoir accélérer.

## § III.

Succession des effets hygiéniques et thérapeutiques des Bains de Mer.

J'ai cru qu'il était encore de quelque intérêt, d'étudier les faits qui sont les matériaux de ce travail, sous le rap-port des effets que les bains de mer ont manifestés dans quelques-uns des cas particuliers, depuis le premier jus-qu'au dernier jour de l'application de ce moyen.

Ainsi, chez les individus affaiblis, dès le troisième jour on a vu poindre les effets des bains de mer par une vas-cularité du visage qui leur était peu habituelle, par une activité marquée de la digestion gastrique, et par un som-meil plus prolongé que de coutume.

La capillarisation du visage examinée dans sa marche,
donne lieu aux remarques suivantes : 1° Chez ceux qui sont
colorés, soit habituellement, soit accidentellement, elle
consiste en une fusion, une répartition plus égale de cette
couleur sur les joues. De là, les individus et surtout les enfans colorés à l'excès, voient cette rougeur s'affaiblir par
l'égale répartition du liquide sanguin.

2° Ceux chez qui les bains développent le système capillaire du visage, présentent une certaine turgescence qui
simule un embonpoint inaccoutumé de la face. Ceux-là
voient aussi assez communément voltiger des flammes devant leurs yeux.

La coloration faciale n'offre pas toujours un développement aussi prompt. Ce n'est qu'après 7 à 8 bains, qu'on voit
une chlorotique en offrir quelques traces. En général, entre tous les individus, les chlorotiques, les anémiques et les
scrophuleux émaciés, présentent le plus tardivement ce premier effet des bains de mer. Les enfans, au contraire, sont
les plus prompts à les offrir.

Dans quelques phénomènes pathologiques, dans les
scrophules par exemple, quatre bains de mer ont tari
en partie une suppuration fistuleuse, et fait bénéficier le
malade du côté de la figure et de l'appétit. Cinq ou six
bains chez des enfans lymphatiques ou scrophuleux, et un
nombre un peu plus considérable chez les individus soumis aux mêmes conditions, mais un peu plus âgés, ont augmenté l'embonpoint général et créé une expression de vie
marquée sur les traits du visage et dans les actes de la vie
de relation. Dans ces différens cas, les yeux *cernés* ont
cessé d'exister. Un individu de cette catégorie, amaigri
par la fièvre hectique, a recouvré le sommeil et l'appétit,

et on a vu la carie de son pied faire des progrès rétrogra
des, après dix jours de bains. Après dix-huit jours, son
pied était indolent et la majorité de ses fistules était fermée.
Ce n'est qu'au bout d'un mois, que le système vasculaire
de son visage a reparu, ainsi qu'un embonpoint notable.

Des estomacs sans action ont repris de l'énergie au troisième bain de mer.

Les états fluxionnaires du canal intestinal qui semblaient
tenir à la fois à l'atonie des organes, et à des modifications
anormales de l'appareil nerveux ganglionnaire, ne s'appai-
saient qu'après une quantité assez considérable de bains.
Un individu se plaignant d'une sorte d'inertie dans les fonctions intestinales, commença à sentir le retour des mouvemens péristaltiques et la circulation des gazs et des liquides intestinaux, après 30 bains. Cependant cette classe
d'individus qui avait été soumise rigoureusement au régime
blanc, pouvait déjà, après un moins grand nombre de
bains, faire un choix parmi les alimens substantiels, et
s'enhardir jusqu'à prendre un peu de vin généreux. Leur
maladie avait pu être considérée légitimement à son début
comme une phlegmasie intestinale; mais après avoir passé
à l'état chronique, son caractère avait changé : ce n'était
plus qu'une affection atonique que l'action des bains de
mer pouvait guérir.

Dans l'aménorrhée coïncidant avec une altération profonde de l'organisme, les bains de mer n'agissent pas avant
d'avoir modifié suffisamment les conditions de celui-ci.
Dans un cas, les règles ne parurent pour la première fois
qu'au 38ᵉ bain. Dans un état opposé de la menstruation,
au contraire, de jeunes personnes pâlies et épuisées par

des pertes excédantes, ont recouvré le teint et l'éclat des yeux dès le premier bain.

Dans des cas de *prolapsus* utérin, on voit des femmes éprouver de l'amélioration dès le troisième bain, amélioration qui dure plusieurs heures après la sortie de l'eau. Alors, elles se sentiraient plus aptes à marcher; mais cet effet semble s'user, à mesure que la journée s'avance. Quand cette amélioration devient plus durable chez elles, à une époque plus avancée de la saison, les fatigues et les courbatures auxquelles elles sont si sujettes, si elles dépassent la mesure d'exercice qu'elles doivent se permettre, disparaissent sous l'influence des bains de mer. En effet, chaque fois ceux-ci les remontent, même en augmentant leurs douleurs locales et générales.

Dans les affections profondes des centres nerveux, les effets des bains s'annoncent souvent avec une grande promptitude. On a vu des paraplégiques marcher mieux et sentir leurs jambes échauffées pour un certain temps, après les trois premiers bains. Leur vessie est le premier organe qui sort de son inertie d'une manière permanente. Tout prouve que les bains de mer ont une grande action sur les fibres vésicales; car rien n'est plus commun que de voir un certain degré d'irritation vésicale se développer chez les baigneurs, après trois ou quatre jours de bain.

Dans les engorgemens lents du système lymphatique, l'influence des bains de mer sur leur résolution, ne se fait pas attendre autant qu'on pourrait le croire. Une énorme tuméfaction de cette nature, siégeant au cou, était réduite à ses ganglions engorgés après dix-sept bains.

Les phénomènes qui se passent à la peau, à l'occasion

des effets consécutifs des bains de mer, servent à déterger cette enveloppe avec une rapidité qui a souvent lieu de surprendre. Au quatrième bain, une éruption squammeuse ancienne, liée à une constitution lymphatique, a pu disparaître sans laisser de traces.

Comme on doit le supposer, la restauration des forces générales, sous l'influence des bains de mer, se fait attendre plus long-temps que les résultats particuliers qui viennent d'être passés en revue. Si l'individu a surtout perdu une grande partie de ses forces locomotrices, il ne faut pas trop compter de les lui voir récupérer dans une proportion notable, pendant la première saison. Ce n'est que dans le cours de la seconde, qu'il commence à retrouver une somme d'énergie musculaire inaccoutumée.

## § IV.

### Effets hygiéniques et thérapeutiques secondaires des bains de Mer.

J'appelle ainsi les effets que les individus reçoivent des bains de mer, plus ou moins de temps après la saison. Leur existence est constatée par des faits journaliers, et leur durée sert à établir l'efficacité de l'agent mis en usage.

Ainsi, les forces générales qui ont été très affaiblies, ne reviennent souvent, dans une certaine proportion, qu'à une époque plus ou moins éloignée de la saison. Ce phénomène tient à la fois à ces effets secondaires et à l'absence de cette excitation journalière qu'apporte le bain, et qui entraîne dans l'organisme des conditions tout contraires à celles qui constituent l'énergie musculaire.

L'amélioration observée dans les autres fonctions, et

particulièrement dans les états locaux pathologiques, reçoit des bains de mer une impulsion qui se continue visi-
blement après eux. Il n'est pas rare de voir ces effets secondaires créer, chez les individus, des conditions de santé
qu'ils demandaient aux moyens thérapeutiques depuis des
années. Chez les enfans surtout, les bains, après avoir
imprimé une secousse qui les a débarrassés plus ou moins
complétement du mal présent, les soustrait par les effets
secondaires à ces prédispositions qui rendent leur vie si
précaire.

Sous ce dernier point de vue, les enfans scrophuleux
sont ceux qui recueillent le plus ample bénéfice des effets
secondaires. Ce fait s'explique par la nature de leurs maladies, qui envahissent l'économie tout entière, et par la
nature du moyen thérapeutique, lequel agit essentiellement sur l'ensemble de la constitution, et subséquemment sur des états pathologiques qui l'ont profondément
altérée. Pour donner une idée de la constance des effets
secondaires chez les enfans de tout âge et de toute maladie, il faut rappeler le phénomène le plus général que
produisent chez eux les bains de mer, long-temps même
après la saison, l'allongement de la taille.

Les effets secondaires sont très marqués chez les femmes affectées de maladies utérines. On voit quelques-unes
d'elles, après un usage trop souvent abusif des bains de
mer, se plaindre de l'augmentation de leurs souffrances
vers la fin de la saison; elles partent désespérées de ce
qu'elles appellent l'*insuccès* des bains. Un ou deux mois
après, elles sont étonnées de commencer à recueillir le
fruit de leur voyage. Peu après, elles s'aperçoivent qu'elles

peuvent marcher et que leurs souffrances diminuent chaque jour.

Il est un ordre d'effets secondaires qu'il n'est pas rare
de rencontrer, ce sont tantôt des éruptions qui ont un caractère dépuratoire, tantôt des crampes gastriques qui ont
pu une fois, chez un homme bilieux et dyspeptique, ne se
montrer qu'un mois après la saison. D'autres fois, ces effets
secondaires se retrouvent dans une disposition congestion-
naire de la tête peu habituelle aux baigneurs.

Après la saison des bains de mer, j'ai vu des enfans et
de jeunes chlorotiques tirer quelque parti et en quelque
sorte prolonger la période des effets secondaires, en prenant des bains de rivière, tant que la température extérieure
le permettait, et des bains salins artificiels, quand la saison
était trop avancée.

Les premiers n'allaient au bain de rivière, que tous les
deux jours et à l'heure de la journée où l'atmosphère était
réchauffée, c'est-à-dire entre deux et quatre heures de l'a-
près-midi. Ces bains étaient d'une minute en commençant,
et n'allaient jamais au-delà de trois ou quatre. On débutait
par l'immersion de la tête, et on mouillait plusieurs fois
cette partie durant le temps du bain. En sortant, on était
bien couvert et on faisait un exercice pédestre ou une
séance de gymnastique.

Les bains de mer artificiels succédaient immédiatement
aux bains de rivière, et étaient pris aussi tous les deux
jours, dans un lieu bien clos et bien sec. Ils ne consistaient
qu'en de simples immersions de tout le corps, avec ou
sans affusions sur la tête, selon les circonstances. Ils con-
tenaient quatre livre de sel de cuisine et une demi-livre de

savon, qu'on faisait dissoudre d'avance. Ils avaient d'a-
bord 24°, et chaque fois ils étaient descendus d'un demi-
degré jusqu'à 20° de l'échelle thermométrique. L'eau des
affusions était toujours de deux degrés au-dessous de celle
du bain; elle était préparée dans un seau et versée par
cuvettes sur la tête. Les immersions du corps étaient pratiquées de la manière suivante : le baigneur était pris à la
manière des bains de mer et assis brusquement dans la
baignoire; c'est alors que l'affusion était faite, 1° une fois
dans le premier bain; 2° deux fois au second bain; 3° trois
fois au troisième bain; on en restait là. De suite on sortait
du bain, et, sans être essuyé, on répétait l'immersion
une seconde fois.

Ces bains agissaient dans le sens des bains de mer, en
provoquant comme eux une réaction cutanée, dont la répétition détruisait les irritations intérieures, en activant la
circulation de la périphérie.

Pour de jeunes chlorotiques, la solution qui entre dans
ces bains artificiels est de quatre livres de sel marin, et
d'une livre de gros savon. Ils sont pris plus ou moins de
fois par semaine à 27° ou 26° d'abord, et sont abaissés successivement jusqu'au froid, qu'il est possible aux individus
de supporter. La durée de ces bains est relative au degré
de leur température; plus celle-ci est basse, plus les bains
devront être courts : il vaut mieux des bains froids et une
durée de trois à cinq minutes. Il est important de faire de
l'exercice après le bain, en se couvrant bien et en portant
un caleçon et même une chemise de flanelle.

Ces bains bien administrés ont l'avantage de produire
une partie des effets des bains de mer, et surtout de sous-

traire le corps à l'impression du froid ; en un mot ils sont éminemment toniques et conviennent aux chlorotiques ; car ils facilitent le *molimen* menstruel.

Chez des personnes déjà vieilles, dont les forces sont affaiblies, ces bains artificiels de savon et de sel pris pendant un quart d'heure à 28°, par les temps secs de la mauvaise saison, ont eu aussi de bons résultats.

## § V.

Liste des Maladies traitées à Dieppe pendant les années 1834 et 1835.

Cette liste servira à faire connaître, en quelque sorte synoptiquement, quelles sont les maladies qui se sont rencontrées le plus ordinairement aux bains de Dieppe. Je suis convaincu que le nombre en augmentera chaque année, et que les bains de mer sont destinés à étendre leur domaine dans la thérapeutique générale.

### *Maladies des Enfans.*

Tempéramens lymphatiques prononcés........................ 4

Etat nerveux ; pâleur, langueur générale et flaccidité des chairs...... 7

Retard dans l'accroissement du corps. } Faiblesse générale......... 4
Accroissement trop rapide du corps. }

Relachement des ligamens tibio-tarsiens....................... 1

Rachitisme à différens degrés, avec ou sans déviation vertébrale..... 14

Scrophules. { Constitutions scrophuleuses...
{ Caries fistuleuses..........
{ *Morbus coxarum*..........
{ Caries vertébrales.......... } ................. 17
{ Maladies de Pott..........
{ Glandes engorgées ou ulcérées.
{ Ophtalmies...............

Incontinences d'urine............................... 2

Prédisposition à l'hydrocéphale chronique................... 1

Coryza habituel.................................. 1

### Maladies des Femmes.

Métrorrhagies ou menstruation exagérée...... 6
Aménorrhée...... 1
Dysménorrhée...... 3
Suites de couches : fatigue à marcher; faiblesse locale ou générale.... 4
Habitude des fausses couches...... 1
Utéralgie...... 3
État de l'utérus après l'ablation d'un polype...... 1
Déplacemens de l'utérus (prolapsus et autres)...... 14
Engorgemens actifs et indolens du col utérin...... 3
Pesanteur et élancemens du col utérin à la suite de fausses couches.. 1
Excoriation du col utérin...... 1
Déchirure du col utérin...... 1
Tumeur de l'ovaire...... 1

### Maladies nerveuses. (Système ganglionnaire.)

Céphalées sympathiques de l'estomac...... 2
Névrose des organes digestifs avec réaction cérébrale...... 1
Gastralgies avec ou sans inappétence...... 6
Dyspepsie...... 1
Lésions du grand sympathique, avec ou sans caractères hystériques.. 9
Douleur intestinale sans diarrhée...... 1
Palpitations nerveuses...... 3
Etat nerveux succédant ou non aux fausses couches ou à une opération
chirurgicale...... 10
Névrose des deux vies...... 1

### Maladies nerveuses. (Système nerveux animal.)

Tremblement des membres; atonie musculaire...... 3
Innervation affaiblie...... 1
Hémiplégies anciennes et récentes...... 3
Paraplégies plus ou moins complètes...... 4
Eclampsie...... 2
Paroxysmes nerveux...... 1
Aliénations mentales...... 4
Hypocondries...... 4
Mélancolies { sans aberration de l'intelligence...... 1
avec lésion de la mémoire...... 1
avec penchant au suicide...... 1

## Maladies variées.

## Maladies des systèmes digestif et genito-urinaire.

## Maladies de la peau.

FIN.

12

# TABLE DES MATIÈRES

# DEUXIÈME PARTIE.

# TROISIÈME PARTIE.

FIN DE LA TABLE.

www.ingramcontent.com/pod-product-compliance
Lightning Source LLC
Chambersburg PA
CBHW070902030726
47504CB00005B/1431